衛斯理

回憶錄

The Memoirs
of Wesley Wei

移心

葉李華 著

倪序

夫衛斯理者，小說人物也，居然也有「回憶錄」，實開天下未有之奇，讀之，覺文意汪洋，奇趣橫生，妙不可言。我猶如此，他人可想而知，是為序。

倪匡　二〇〇五〇八一八

夫衛斯理者，小說人物也，居然也有「回憶錄」，寫其未有之事，讀之，覺其真混淆，奇趣橫生，妙不可言。我猶如此，他人可想而知。是為序

倪匡
20050818

新版倪序

小說人物的回憶錄，本已是未有之奇。而竟然又有新版，溫寶裕要大喝十聲：什麼情況？什麼情況？地球人知道：葉李華寫得好，好看。外星人知道不，不知道。這不知道不單是外星人不知道，還是我不知道外星人是知道還是不知道，哈哈，一口氣唸來試試。

八四老翁　倪匡　香港　二〇一九〇六一一

「衛斯理回憶錄」宣言

人類反抗強權的鬥爭，無異記憶反抗遺忘的鬥爭。

——米蘭．昆德拉

全世界目前有六十五億人口，其中最不該寫回憶錄的一個人，或許就是我——衛斯理。原因非常簡單，過去幾十年來，我持續不斷地記述和發表自己的離奇經歷，從《鑽石花》到《只限老友》，共計一百四十幾個故事，一千二百餘萬字。

這些經歷，有的匪夷所思，有的神秘莫測，更有的驚險萬分甚至生死一線，例如我曾經往返「天堂」，出入「陰間」，深入地心深處，遨遊未來世界；又如我遇見過好幾十種異星生物，接觸過各式各樣的神鬼和精怪，擊敗過全世界最兇惡的匪徒，粉碎過有史以來最強大的軍事力量……以致常常有讀者問我：「究竟是真的還是假的？」面對這類質疑，我總是一笑置之，因為我覺得，這其實是根本不必回答的一個問題。

現在，我卻必須在此鄭重聲明，凡是我正式發表的故事，沒有一個不是真人真事。（只是為了顧及當事人的隱私，或避免挑起不必要的爭端，我經常姑隱其名。）事實上，還有更多的真人和真事，由於太過驚世駭俗或難以置信，我或者一筆帶過，或者從來未曾提及。

然而，光是這樣的聲明絕對不夠，我已經下定決心，一定要親筆寫成一套完整的回憶錄。原因是——為了對抗一樁天大的陰謀！

這樁陰謀，目前仍在進行之中，結果如何難以逆料。所以這一次，我不打算向讀者賣關子，我要明明白白地告訴大家：這樁針對我而來的陰謀，就是要讓我自己，以及我的每一位讀者，都相信「衛斯理」只是虛擬的小說人物，並非真實存在於世上的一個人！

而我撰寫這套回憶錄的目的，正是要設法證明，衛斯理是一個活生生的、有血有肉有情有淚的真人。因此，為了突顯這些回憶的真實性，我決心打破一切禁忌，把我一生所經歷的事件，儘可能寫得深入而透明。更重要的是，過去基於種種原因，未能公諸於世的好些秘密和謎底，包括我自己的身世之謎，在這套回憶錄中，也都會有令人滿意的答案。

正因為如此，在本書中，我將鼓起極大的勇氣，對一段不為人知的經歷，做一番毫不保留的回顧。

衛斯理

目次

楔子 ◉ 蘇州 11
第一章 ◉ 加勒比海 20
第二章 ◉ 百慕達三角 39
第三章 ◉ 巴哈馬群島 60
第四章 ◉ 巫師島 82
第五章 ◉ 沙漠 101
第六章 ◉ 綠洲 117
第七章 ◉ 土丘 137
第八章 ◉ 終點 160
第九章 ◉ 起點 179
第十章 ◉ 墓園 198
第十一章 ◉ 法國 223
第十二章 ◉ 義大利 244
第十三章 ◉ 新加坡 265
第十四章 ◉ 印尼 289
第十五章 ◉ 吉里汶島 311
尾聲 ◉ 異空間 332
附錄一 ◉ 大事紀 337
附錄二 ◉ 本書延伸閱讀 338

楔子

蘇州

在計畫撰寫回憶錄之初，我便已經決定，每一冊的書名，都儘量言簡意賅。雖然都是沒頭沒腦的兩個字，但讀者諸君想必一律會同意，短短兩個字，足以概括全書的內容。

這一冊當然也不例外，因為本冊從頭到尾，都是在記述我當年為了「移心」所做的種種努力。只不過這一次，我打算開宗明義，就來談談「移心」究竟是什麼意思。

倘若顧名思義，這兩個字應該是「移植心臟」的簡稱，可惜事實並非如此——假如真是這樣，事情想必會簡單得多。因為就在我上天下海「移心」之際，南非著名的巴納德醫生，正在積極研究心臟移植的技術，不久之後，他果然完成了世界首例的換心手術，在醫學史上，寫下不朽的一頁。

有了巴納德醫生踏出第一步，心臟移植技術很快便一日千里，因此，當我見到這位醫界傳奇人物的時候，全世界的換心人，已經數以萬計了。

我和巴納德醫生碰面，是一九八〇年的事，我曾將這段經過，詳細記述在《後備》這個故事中。然而，其中有一小段對話，因為和那個故事無關，當時我刻意將之省略。

那個年代，換心手術已經相當普遍，因而我早就聽到一種傳聞，不少的換心人，癒後都會性情大變，隱隱然成了捐贈者的化身，甚至還有幾個例子，是換心人保有捐贈者的生前記憶！

想當年，初次聽到這種說法，我立刻聯想到中國古籍的相關記載。例如在《列子》這本奇書中，便記載著神醫扁鵲以麻醉下的外科手術，活生生將兩個人的心臟交換：「遂飲二人毒酒，迷死三日，剖胸探心，易而置之」，結果成功互換了兩人的思想和記憶。又如在《聊齋誌異》中，也有為了改變一個人的才情，令其「文思大進，過眼不忘」，而施行換心手術的例子。

我對於這類不可思議的事蹟，一向抱持高度的興趣和好奇。那次見到巴納德醫生，我自然不會放過千載難逢的機會，當面請教他的權威意見。不料對於這個問題，巴納德的回答相當保留，令我感到十分失望。他說，雖然這類例子時有所聞，他自己也親身經歷過一兩樁，可是從正統醫學的角度，不難找到更合理的解釋，因此不能驟下斷語，將「心臟移植」和「思想移植」或「記憶移植」畫上等號。

閒話扯遠了，就此打住吧，趕緊講講本書的「移心」究竟是什麼意思。答案很簡單，在此所謂的移心，指的是「移除心蠱」。

至於何謂心蠱，之前我曾經約略提過，我的同窗好友葉家祺，在新婚之夜暴斃身亡，直接的死因，正是心蠱的發作。

但我始終沒有透露，就在家祺暴斃前夕，也就是他洞房花燭夜的當兒，我自己竟然也中了心蠱！而令我中蠱的不是別人，正是遭到家祺拋棄卻仍深愛著他的苗女芭珠。當時，她千里迢迢從苗疆趕來蘇州，一直找不到機會和家祺見上一面，最後卻陰錯陽差遇見了我。（我一見到芭珠，便驚呆了好一陣子，同時心中不住罵著「家祺真是大傻瓜」。芭珠的美麗，我至今記憶猶新，或許只有「絕塵」兩字，勉強能夠形容。）

不過，我之所以中了無藥可救的心蠱，原因則和家祺完全不同。說來或許難以置信，我居然只是因為一時好奇，想要見識見識心蠱到底是什麼東西。如今回想起來，我只能說當年的自己，真是不知天高地厚！

芭珠起初當然不肯，並且鄭重警告我，見到心蠱之後，「就絕不能對你所愛的人變心，更不能拋棄你曾經愛過的人，去和別的女子結婚，不然，你就會死的。」可是當時，我雖然對蠱術還半信半疑，內心卻毫不畏懼，因為我堅信自己是個專情的人，一旦愛上一個女子，我就一生一世不會變心。

於是，我終於親眼見到了神秘之極的心蠱——一顆裝在竹盒子裡的鳥心。那顆小小的心臟，雖然早已脫離鳥身，卻仍在我眼前撲通撲通跳著，而且顏色越來越紅，最後活像是要滴出血來。不多久，我又看到兩股似有若無的細絲，從鳥心裡慢慢鑽了出來，不偏不倚鑽入我的鼻孔，我立時聞到一股異樣的香味。

一兩分鐘之後，芭珠蓋起了盒蓋，板起一張俏臉，一本正經地對我說，我已經中了心蠱，在我有生之年，再也沒有任何辦法能將之移除！

就在這個時候，我的腦海中，突然浮現「祝香香」這個名字，令我不禁怔了一怔。我曾經提到過，香香可以算是我的初戀情人——雖然她早已許配給況英豪，可是我堅決相信，如果她沒有離奇失蹤，最後一定會跟我在一起——那麼，這是不是代表，心蠱的作用，將應驗在香香身上？果真如此，那豈不是……

但我轉念一想，香香和我雖說都是早熟的孩子，可是無論如何，當時我倆還只是「為賦新詞強說愁」的年紀，那段青澀的感情，或許算不上刻骨銘心的真愛。想到這裡，我靈機一動，問芭珠道：「有沒有辦法知道，心蠱是否已經對我起了作用？」

看到芭珠露出不解的表情，我連忙補充道：「我的意思是，你有沒有辦法確定，我所中的心蠱，是否已經應驗在哪個人……哪個女孩子身上？」

芭珠總算聽懂了我的問題，緩緩點了點頭，打開另一個竹盒，將右手探了進去。

我還來不及猜她會取出什麼古怪，芭珠的右手，突然伸到了我面前，而我清清楚楚看到，那隻柔若無骨的手掌中，其實空空如也。我正在納悶之際，芭珠的手掌緩緩動了起來，連續做了十幾個既古怪又美妙的手勢，而且動作越來越快，令我看得眼花撩亂。

大約過了兩三分鐘，芭珠總算停止了動作，幾乎就在同一瞬間，我感到一股濃烈的辛辣氣味，猛然撲鼻而來，忍不住使勁打了一個噴嚏。等到那股氣味散去之後，我的眼淚兀自流個不停。

我一面掏出手帕，一面問道：「這究竟是怎麼回事？」

芭珠以十分生硬的漢語答道：「你心中，還沒有心愛的人。」

我大概猜到了七八分，隨即好奇地追問：「如果我已經有了心愛的人，是不是就會有不同的反應？」

芭珠點了點頭，道：「你會從我手上，聞到一股濃濃的花香。」

我覺得簡直難以置信，張大了嘴巴，久久說不出話來。說來慚愧，當時我還浮現了一個可笑的念頭：蠱術真有那麼神奇嗎？

翌日清晨，便傳來家祺的噩耗。至於更詳細的細節，包括後來芭珠如何香消玉殞，以及我的苗疆之行，則可參考我的早期著作《蠱惑》。

家祺死後，我對於蠱術的靈驗，再也沒有絲毫存疑，而我也始終沒有忘記，自己和家祺一樣，終身將是心蠱的俘虜。話說回來，這並未對我造成任何困擾，因為我對自己用情的專一，始終充滿了信心。對於一個不會移情別戀的人，心蠱存在與否，其實毫無差異，不是嗎？

寫到這裡，我忍不住要再次感嘆：人生的際遇，實在太難料了！

其後十年間，縱使我的人生閱歷，增長了千百倍，縱使我的足跡，踏遍了全球每一個角落，但我在情感世界上，始終仍是一片空白。或許，和女忍者鈴木惠子的愛恨情仇，是唯一的例外，可是每當夜深人靜，我捫心自問，總覺得我對惠子的感情，以同情和憐惜居多。

或者也可以這樣說，我和惠子之間確有愛苗，但在發芽之前，便提早以悲劇收場，令我來不及真正愛上她。因此我曾以實事求是的態度寫道：「我十分肯定，這樣發展下去，要不了多久，我們就會成為一對戀人。」

然而，該來的總是會來。我在二十九歲的時候，終於真正感受到了什麼叫作刻骨銘心的愛情！我愛上了一個大我幾歲的女子——一個令我在各方面都為之傾倒的奇女子——她的名字，叫黎明玫。

無奈上天捉弄，這段戀情竟同樣以悲劇收場！事實上，我的第一本書《鑽石花》，就是我親手將明玫安葬於香港之後，在她的墳前，花了一個月的時間，一字一淚寫出來的！

經歷了這段人生的大慟，我消沉了好一陣子，甚至刻意離開香港，到日本北海道住了一段時日。我原本以為，哀莫大於心死，此生再也無法接受另一段感情。

可是人算不如天算，近兩年後，我生命中的真命天女，終於出現了！雖說「一見鍾情」是一句早已被用爛的成語，但用來描述衛斯理和白素的邂逅，卻是再合適不過。不久之後，我和白素就成了一對難分難捨的戀人。

然則我心中始終有個陰影，因為我一直沒有忘記，深藏在我心中的心蠱，想必早已應驗在明玫身上。換句話說，明玫雖死，我仍舊不能對她變心，否則……

果然不久之後，心蠱開始在我身上發作。我幾乎和當年的家祺一模一樣，開始出現間歇性的幻象和瘋狂，而且頻率越來越高。我心知肚明，如果繼續和白素交往下去，將注定是另一場悲劇，只不過這次的悲劇，將以我自己的慘死作為結局！

我陷入了生平最大的兩難，無奈不知如何啟齒，向白素說明這一切。等到我終於鼓起勇氣，打算面對現實之際，白素竟先一步離開香港，只留下一張字條：「理，我與爹忽有歐洲之行，詳情歸後再談，多則近年，少則數月，莫念。」

我心中立時響起一個聲音：這或許正是天意！

我決心不向命運低頭，即使心蠱無藥可救，我也要利用這段時間，走遍天涯海角，去尋找移心之法。

1

第一章

加勒比海

這是個晴空萬里的日子，然而這樣的好天氣，並不能反映在我的心情上。當我駕著遊艇，從海地首都太子港出發時，心情之複雜，可說至於極點。

加勒比海是不折不扣的度假勝地，駕船出海又是我十分喜愛的戶外活動，可是我這次出海，並沒有任何遊樂的心思。

因為我此行的目的，是要去尋找傳說中的「巫師島」，幾乎可以說，這是我最後的希望。如果在茫茫大海中，找不到這座神秘的小島，我真不知道，下一步將何去何從。

過去半年間，我幾乎跑遍了世界各地，想盡了一切辦法，試圖移除我的心蠱，可是所有的努力，通通成了白費力氣。

起初，我曾經想到，雖然十多年前，中了心蠱的家祺，診察不出任何症狀，可是如今醫學進步神速，只要我遍訪全球名醫，或許就有可能，利用現代醫學，診斷出心蠱的真面目，進而將之移除。

一個月之後，我便徹底放棄了這方面的努力。這一個月的時間，我在歐美三家最著名的醫學中心，接受了最徹底的身體檢查，但檢查的結果，都說我的健康狀況極佳，甚至沒有任何潛在的疾病。換句話說，雖然大多數的蠱毒，本質上都是寄生蟲、原蟲、細菌或病毒，可是，心蠱偏偏不是這些有形之物。

事實上，這個結果，或許早在我意料之中。我之所以尋求現代醫學的幫助，純粹只是當時在我潛意識中，還不願承認心蠱是一種虛無縹緲的巫術、一種玄學的產物。

我在這三家醫學中心，當了一個月的白老鼠之後，終於放棄了科學萬能的信念。沒想到，我頓時有一種「退一步海闊天空」的覺悟——科學上無解的難題，或許並不代表真正無解，至少，我還可以尋求玄學上的解答。

於是我首先想到，解鈴還需繫鈴人，或許有某種蠱術，能替我移除身上的心蠱。雖然芭珠芳魂已杳，但我可以去找她的族人，替我想想辦法。

想到這裡，我差點準備啟程，直奔苗疆了。但我轉念一想，芭珠生前曾對我說，心蠱乃是一種無解的蠱術，中了心蠱的人，只有自己能救自己——只要永不變心，身上的心蠱，就絕對不會發作！

芭珠是個毫無心機、甚至不食人間煙火的苗女，我絕對相信，她不可能危言聳聽。更何況芭珠的父親，就是阿克猛族的族長，而阿克猛族，是所有的苗人中，最精通蠱術的一族。

這就代表說，即使我遠赴苗疆，跑遍雲貴高原的高山縱谷，也不可能找到任何蠱師，有辦法替我移除心蠱。

然而，如果只因為這番推理，我便輕易放棄苗疆之行，那我也就不是衛斯理了。因此，我退而求其次，先從蒐集資料著手，希望能從相關文獻中，找出各種破解蠱術的方法，然後再決定，要不要親自前往苗疆。

好在那個時候，我已算是交遊廣闊。我隨即想到，有一位新認識的朋友，曾經跟我提過，在南郊一個偏僻的所在，有一座頗具規模的「小寶圖書館」，專門蒐集各種玄學方面的書籍。這座圖書館，是大企業家盛遠天所創辦的，在他死後，根據他的遺囑，每年仍以盛氏機構盈利的一部分，用來擴充藏書，和改善圖書館的設備。

雖說申請小寶圖書館的閱讀證，其困難程度，和申請加入最貴族化的上流社會俱樂部相仿，但在那位朋友的推薦下，我幾乎不費吹灰之力，就申請到了一張。

不過，小寶圖書館有一條十分特殊的禁例，那就是絕大多數的藏書，都不能外借，只能在館內閱讀。所以接下來，有將近三個星期的時間，我幾乎住在這座圖書館中。

最初兩三天，我的閱讀範圍，自然集中於苗疆的蠱術。可惜這類書籍不多，而且大多是故事體，人事時地物的記述都有欠嚴謹，真實性極其可疑。只有在一本並不起眼的平裝書中，我讀到了有關「阿克猛族」和「心蠱」的記載，那是西南聯大的一位人類學教授，根據他在抗戰期間，深入苗疆所做的田野調查，所寫成的一本學術著作。

在這本名為《苗疆巫蠱考察》的著作中，作者將他對十餘個苗族的訪問紀錄，詳細整理成人類學的文獻，對於蠱術文化，有著翔實的記載。例如，針對如何破解蠱術，作者就列出了七八種方法，包括躲避、轉嫁、以術治之、以言破之、以正氣克之，甚至以蠱制蠱等。

讀完這本書之後，我對苗疆之行，終於死了心！因為作者所訪問的十餘個苗族，都異口同聲指出，阿克猛族是所有苗族中，最精於下蠱的一族。凡是阿克猛族所下的蠱，沒有任何外族蠱師能夠破解。（不過，他在書中承認，未曾親自造訪阿克猛族的聚落——但是也有可能，他中了阿克猛族的「信蠱」，因而不敢透露口風。）

我在失望之餘，正想出去抽根菸，但尚未走出閱覽室，又一頭鑽進了另一堆書籍中。因為我突然想到，蠱術無論多麼玄妙，充其量只是巫術的一種。因此，所謂的心蠱無解，只能說是在蠱術範疇內無解，並不代表其他的巫術或法術，也沒有辦法將之移除。

於是，我花了半個多月的時間，將小寶圖書館的數百本巫術藏書，生吞活剝地通通瀏覽了一遍。

當我終於走出小寶圖書館的時候，突然有一種看山不是山，看水不是水的感覺。原來，這半個多月的埋首鑽研，終於讓我認識到了另一個世界，也終於讓我相信，整個世界乃至整個宇宙的運作，都要比我想像中更複雜、更奧妙。

在此之前，我也曾經零零星星，接觸到一些超自然現象。例如剛上小學的時候，我就親身經歷了隱身術、五鬼搬運，以及所謂的粉身碎骨咒；又如初中時，我和祝香香在湘西山區，親眼見識了趕屍這門法術；後來又因為家祺的關係，領教了蠱術的威力等等。可是在我心中，一直將這些奇事，當作超乎常理的例外，換句話說，在我內心深處，仍然認為主宰整個宇宙的，是科學家所發現的種種自然律。

然而，在密集閱讀了數百本相關書籍之後，我將巫術的理論體系，和親身經歷相互印證，最後終於豁然開朗。於是，從那時候開始，我建立了一個截然不同的宇宙觀，至今沒有太大的改變或修正。

在我看來，任何一門玄學（包括一切的巫術和法術），無論表面上多麼牴觸當今的科學，但只要有真憑實據，證明它是真實的存在，就絕對不能說它是不科學的。這就代表在我眼中，玄學和科學並非針鋒相對，而應該是相輔相成。

比方說，玄學的歷史源遠流長，科學的發展則是近幾百年的事，因此就知識領域而言，科學只是玄學的冰山一角——露出水面的是科學，藏在海底的是玄學。露出水面的部分，自然顯而易見，所以各種科學知識，可以用清清楚楚的理論來說明；至於藏在海底的部分，則難免隱晦難解，不容易說得清楚，而這正是玄學的本質。

可是無論如何，絕不能因為看不到冰山的底部，就認為那一部分（其實佔了絕大部分）並不存在。凡是抱持這種觀點的人——為數還真不少——後來我一律稱之為鴕鳥科學家。

以上這幾段話，雖說是有感而發，卻絕對不算離題。因為，正是有了這樣的覺悟，我才終於決定，深入神秘的巫術世界，試圖在其中尋找自救的法門。

不過，我立刻面臨了一個實際的問題，我對於巫術的瞭解，僅限於紙上談兵。換句話說，我雖然相信了巫術世界的存在，無奈不得其門而入。

好在我是標準的行動派，一旦下定決心，便立刻勇往直前，義無反顧地追尋到底。不久之後，我果然在香港本地，找到了一位真正的巫師。

（事情當然沒有那麼順利，在此之前，我遇到了十幾個江湖郎中，最後都被我拆穿，並根據其可惡的程度，施以或大或小的教訓。但我自己也吃了不少苦頭，喝過好幾回符水，吞過幾種不知名的蟲，有一次甚至被放了一千西西的鮮血。）

這位巫師，乃是中國傳統的男巫，並不屬於任何宗教流派（他們這種身份，其實有個專門名詞叫「薩滿」。據說，早在人類還沒有宗教的時候，這種身份的人，已經開始扮演溝通天地人鬼的角色）。正因為如此，我刻意不稱他為法師，以強調他並非和尚或道士。

巧合的是，他本人就姓巫，但如果稱他為巫巫師，又實在太過累贅，因此以下一律簡稱為「他」。

巫師其實並非他的職業，他本身經營一家小工廠，衣食無缺。之所以成為巫師，是因為十一歲那年，他走在街上，被他師父一眼相中，立刻收為徒弟。從此，他師父每天來找他，將數千年一脈相傳的功、法、術，對之傾囊相授。

等到他師父死後，他就成了世上唯一的傳人。當我遇到他的時候，他已經五十開外，仍未覓得合適的弟子，因此十分擔心本門巫術，就此永遠失傳。如果我沒有誤會的話，他言談之間，頗有收我為徒之意。

當年，如果他成功地替我移除心蠱，我或許真的會拜在他門下。換言之，他失敗了。

這段經歷相當離奇，但由於不是本書的重點，我只好長話短說。當我和他，彼此開誠佈公之後，他就對我明白表示，雖然他對於蠱術，並不十分熟悉（巫術也是隔行如隔山），但是在他看來，我所中的心蠱，本質上是一種詛咒，他可以利用本門的「祝移之術」，盡力試試看。

那個時候，我對於巫術，已經算是博覽群書，所以一聽他這麼講，我立刻明白，他是準備將我身上的心蠱，轉移到另一個對象上。據說早在黃帝時代，就已經有這種巫術，主要是用來治病，稱為「祝由」。

但我隨即想到一個問題：這個心蠱，究竟能轉移到誰身上？我所獲得的答案是，轉移到任何人身上，都會有損陰德，所以萬萬使不得。

我隨即自作聰明，問他是否要轉移到植物上。他再度嚴肅地搖了搖頭，久久才答道，一般的詛咒，的確可以轉移到樹木上，問題是植物並沒有情慾，想必不能承接心蠱。

我還沒來得及再發問，他已經有所行動。轉瞬之間，他的雙手已各抓著一樣東西（我自認眼力極佳，竟然沒看清楚他的動作）。我定睛一看，他的右手握著一把式樣古怪的剪刀，左手則是一張長條的黃紙。

只見他雙眼緊閉，口中唸唸有詞，雙手則迅速交互揮舞，不時傳來剪刀的喀嚓聲。不過三兩下工夫，他便將左手的那張黃紙，剪成了一串小小的人形，至少有十來個之多。

接著，他騰出右手（那把剪刀似乎不翼而飛），一次又一次，用力指向小紙人，而且每次的手勢都有所不同。

然後，他將那串小紙人，擺在一張毫不起眼的供桌上，那十幾個小紙人，突然像是有了生命一樣，開始翩翩起舞！我揉揉眼睛，仔細一看，小紙人個個手舞足蹈，跳得有模有樣，絕不是被什麼絲線所操縱。看著看著，我幾乎可以肯定，小紙人跳的舞，也是大有來頭，竟是一種稱為「儺」的古代巫術之舞。

與此同時，他也沒有閒著，一面仍然唸唸有詞，一面雙手不斷舞動，直到兩三分鐘之後，他暴喝一聲，一切才終於恢復靜止。

在詭異的寧靜中，我感到一陣天旋地轉，等到勉強恢復視力的時候，我又目睹一件不可思議的事。那串不再跳舞的小紙人，逐漸開始冒煙，隨即起火燃燒，而且火勢越來越大，越來越猛！

起初我以為，這也是巫術的一部分，可是我越看越不對勁，因為整張供桌，幾乎都燒了起來。不料，他卻仍然低著頭，似乎渾然未有所覺。這時，我也顧不得什麼禁忌，猛力搖了搖他，他才如大夢初醒，伸手做了一個誇張的動作，火勢立即熄滅。

我戰戰兢兢地問道：「是不是出了什麼差錯？」

他嘆了一口氣，面如死灰，緩緩點了點頭。

我立時追問：「究竟是什麼差錯？」

他面色凝重地答道：「十三個紙人，經我作法後，吸收了你的七情六慾。照理說，心蠱應該就能轉移到他們身上，沒想到……」

他又嘆了一聲，頓了好一會兒，才繼續道：「這樣說吧，你這個心蠱，比我想像中，還要聰明得多，居然不上這個當！」

我抱著一線希望，低聲問：「請問還有沒有別的辦法？」

他斬釘截鐵地答道：「恕我才疏學淺，已無能為力了！」

我勉強打起精神，說了幾句客套話，便準備告辭離去。沒想到我剛起身，他突然舉起手來，道：「等一等！」

我連忙停下腳步，心中十分納悶。我第一個反應是，他是要提醒我，還沒有付錢給他。但我轉念一想，當初他明明信誓旦旦，他替人作法消災，向來不收任何費用。

我露出不解的表情，向他望去。他道：「我認識一位道友，或許有辦法幫你。不過，你得跑一趟南洋……」

於是，兩天後，我便來到馬來西亞的檳城，見到了他口中的那位道友。

這位南洋巫師，其實也是華人，但他修習的巫術，和中國巫術毫無關聯，他所屬的門派，可算是「降頭術」的一個支流。不過，我雖然曾在小寶圖書館博覽群書，唯獨對降頭術，仍舊一知半解，最主要的原因，是由於降頭術太過神秘，幾乎沒有任何文獻，提到過隻字片語。

此外，還有一個次要的原因，說來十分好笑。不久之前，我輾轉聽說，女黑俠木蘭花曾在泰國，親眼見識過降頭術，包括神秘之極的「飛頭降」，最後發現竟是一場騙局，那顆會飛的頭顱，其實是一架遙控小飛機。因此當時，我對降頭術頗感不屑一顧，並未努力蒐集相關資料。如今回想起來，當年的我，是不折不扣的以偏概全。

直到許多年後，我才真正瞭解到降頭術的博大精深，甚至親身經歷了比「飛頭降」更加不可思議的「鬼混降」，但這是後話，照例表過不提。

所以，還是回過頭來，再說說這位華裔降頭師吧。他和巫巫師，雖然毫無師承淵源，但兩人交情甚篤（箇中緣由，我也不甚了了），因此他一聽說我是巫巫師介紹來的，立刻對我禮遇有加，頗有有求必應的意思。

不料，當我把前來求助的前因後果，仔細對他說了一遍之後，他竟猛然臉色大變！我的心立時一沉，明白大勢已去。但我仍不死心，追問他到底是怎麼回事。結果，這位華裔降頭師，說了一段早年的經歷，聽得我不寒而慄。

長話短說，他早年曾陪伴他師父（一位馬來土著），沿著中南半島北上，尋訪本門巫術的源頭。他們這趟尋根之旅，一路走過泰國和緬甸，最後進入中國苗疆。沒想到，在苗疆某個部落，因為言語不通，引起了誤會，他師父竟和一位蠱師鬥起法來。

鬥法的結果，他師父當場暴斃，而且死狀極慘，至於他自己，由於當時只是個小跟班，那位蠱師手下留情，才僥倖撿回一條命。

（聽到這裡，我真的很想問問，那位蠱師是否出自阿克猛族，但最後還是忍住了。）

從此以後，華裔降頭師聞蠱色變，凡是和蠱術有關的事物，他一律敬而遠之。因此不難瞭解，他聽到我中了心蠱，想要求助於他，立刻魂不守舍。

我當然不便勉強他，隨即起身告辭。但在離去之前，我還是壓抑不住好奇心，問了他一個問題：「難道一次鬥法，就能決定貴派永遠不是蠱術的對手？」

他給了我一個意味深長的答案：「巫術世界，自成一格，不能以常理度之，或許苗疆蠱術，正是本門剋星。」

當時，這個答案令我似懂非懂，直到許多年後，我對降頭術有了深入瞭解，才終於想通了這個道理。原來，不知多久以前，苗疆蠱術開始南傳中南半島，被泰國和馬來西亞等地的巫師發揚光大，逐漸演變成當今的降頭術。雖然時至今日，降頭術之博大精深，已經青出於藍，可是無論如何，其源頭仍是中國苗疆的蠱術，因此不難想像，蠱術之中，或許真有專剋降頭術的法門。

這趟南洋之旅，非但一無所獲，甚至加深了我對降頭術的負面印象。飛回香港的途中，我一再思考，下一步該怎麼辦？

結果，我在回到香港的當天晚上，便再度前往機場，直飛歐洲。因為，我在返港的飛機上，想到一個十分可能的理論。算起來，還是華裔降頭師最後那句話，帶給我的啟示。

目前為止，我所求助的巫術，就地理位置而言，都和苗疆有些關聯，或許正是由於這個地緣關係，造成了相生相剋的效應。所以，無論是中國傳統的巫術，或是南洋的降頭術，都對心蠱束手無策。

然而，更遠地區的巫術，少了這重地緣關係，或許就能避開相生相剋的效應。我進而想到，醫學上有個類似的例子——一種抗生素，如果在某個地區普遍使用，細菌便會慢慢產生抗藥性，這時唯一的辦法，就是改用另一種「陌生的」抗生素，將那些細菌殺個措手不及。

因此之故，我決定遠赴歐洲，在另一個巫術疆域中，試著尋求協助。結果我在歐洲，待了將近兩個月，不但接觸了許多男覡女巫，還造訪了不少巫術聖地（大概只有「霍格華茲」沒去，因為世上根本沒有這樣一個地方）。這些經歷，當然都頗值得一記，可是因為太過瑣碎，而且最後的結果，毫無例外是敗興而歸，所以在本章中，我只打算一筆帶過。

這趟歐洲之旅，雖然令我眼界大開，可是對於此行的目的，卻毫無助益。兩個月後，我決定另闢蹊徑，渡過地中海，來到非洲大陸。

過去這幾個月，我所蒐集的眾多資料，都指出非洲是巫術的發祥地。事實上，從人類學的角度而言，這是理所當然的事情。一來，人類這種生物，最初就是發源於東非，後來才逐漸開枝散葉，遍佈整個地球。二來，種種考古證據都顯示，人類自有文明以來，巫術就從未缺席，若說巫術是人類文明最早的一環，也絕不為過。

不過，我這趟非洲之旅，並未將埃及包括在內。當時我是這麼想的，埃及的古文明，早已成為歷史遺跡，那些變作木乃伊的巫師，無論生前多麼神通廣大，如今也不可能幫上我任何忙。

於是，我直接進入黑色非洲，在各個部落間，尋訪法力高強的巫師或祭師。我原本打算，沿著反時鐘方向，從北向南，從西岸到東岸，環繞非洲一圈，然後逐漸深入內陸。

可是一星期後，我來到西非的象牙海岸，就改變了主意，隨即離開非洲，前往加勒比海的希斯潘諾拉島。因為我在象牙海岸，有了驚人的發現，為了追尋這條線索，我必須當機立斷，中止我的非洲之旅。

或許對大多數人而言，希斯潘諾拉島都是個陌生的地名，但如果換成另一種說法，想必大家就會恍然大悟。這個位於加勒比海、說大不大、說小不小的島嶼，分成了東西兩個國家，東側面積較大的是多明尼加，西側較小的是海地共和國。

而我的目的地，正是海地這個神秘的國度。提起這個國家，許多人都會聯想到它是「巫都教」的大本營，然而我前往海地，和巫都教並沒有直接的關係。

抱歉，好像還沒有說明，我在象牙海岸，究竟有什麼驚人的發現，趕緊補充如下。非洲大陸雖然幅員廣闊、種族複雜外加交通不便，可是各個部落的大巫師，自古以來便保持著某種聯繫，隱隱然是一個國際性的巫術聯盟。當然，所謂的聯繫，絕不是每年召開什麼巫師大會，也不是利用飛鴿傳書，甚至不是依靠鼓聲來通訊。這樣說吧，如果沒有練就傳心術，根本無法成為一個部落的大巫師。

這個已有數千年之久的聯盟，始終由巫術最高明的成員，來擔任其精神領袖，在此姑且稱之為「巫王」。而從大約九百年前開始，象牙海岸一帶在巫術的造詣上，遠遠超過非洲其他地區，因此歷屆的巫王，幾乎都出自這一帶的部落。

十六世紀中葉，當時的巫王突然宣稱，他接獲了天啟，即將飄洋過海，前往一個新大陸。不久之後，象牙海岸和附近黃金海岸的許多部落，果然全數成了黑奴，被西班牙殖民者賣到了加勒比海（應該就是希斯潘諾拉島）。

想當然耳，到了希斯潘諾拉島之後，巫王並未真正成為奴隸。他隱居在西側山區，潛心研習美洲巫術，不久便將美非兩洲的傳統巫術互相結合，並發揚光大，迅速收服了美洲地區所有的巫師，於是幾年後，巫王就成為統領兩大洲的巫術領袖。

在獲悉這個事實之後，我自然沒有必要，再留在非洲大陸，沒頭蒼蠅似地亂碰運氣。我毅然決然來到海地，尋訪這位傳說中的美非兩大洲巫術領袖——或許更正確的說法，應該是尋訪他的傳人，因為巫王縱使法力無邊，好歹不是神仙，不可能幾百年後，還活在世上。不過話說回來，巫術世界的一切，都不能以常理度之，所以我並未存任何必然之心。

抵達海地後，並沒有想像中那麼順利。起初，我所接觸到的巫師，幾乎都屬於巫都教的範疇，直到這個時候，我才終於明白，巫都教和巫王，並沒有直接的關係。根據我事後的考據，這種像極了巫術的宗教，應該是巫王的徒子徒孫拾其牙慧，以傳統信仰為基礎，結合了美洲巫術和天主教所創立的。

幾經波折，我終於打聽到了巫王早已離開海地，隱居在加勒比海的一座小島，人稱巫師島。又經過幾番波折，我得到了一張真假難辨的地圖，上面畫著巫師島的大致方位。

（在此必須向讀者諸君致歉，上述的每一個波折，都很難長話短說，只好一筆帶過，以便儘快進入正題。）

獲得這張地圖之後，我毫不猶豫，立刻租了一艘小型遊艇，當晚就買齊了所有的應用物資。次日清晨，我便從太子港出海，朝西北西方向前進。因為根據那張地圖，那座巫師島，就藏在巴哈馬群島之間。

不知不覺，已經航行了一整天，這時已是夕陽西下時分，海面上金蛇萬丈，壯觀之至。然而，我卻毫無心情欣賞眼前的美景，因為在我心中，早已將巫王當作最後的希望。萬一傳說中的巫師島並不存在，或是在巫師島上找不到巫王，或是找到了巫王，他卻同樣束手無策，或是……

我強迫自己，別再胡思亂想了。我已是過河卒子，毫無退路，只有拚命向前！

想到這裡，我決定繼續航行，不做任何休息。這樣一來，預計明天上午，就能駛抵那張地圖所畫的目的地。

2

第二章

百慕達三角

當天晚上，天氣仍然十分晴朗，海面也極為平靜。我飽餐一頓之後，設定好自動駕駛，便躺在甲板上，一面抽菸，一面望著夜空中的滿天星斗，一種超然物外的感覺，不禁油然而生。

當波江星座逐漸來到中天之際，我知道已接近午夜時分。不過，雖然經過一天的航行，我卻一點也不疲倦，甚至毫無睡意。

我來到駕駛艙，檢查目前的位置和航向。在那個時代，當然還沒有衛星定位系統，所以想要駕船出海，尤其是遠航，必須具備一定的航海知識。這自然難不倒我，因為我可以誇口，當時世上所有的交通工具，無論天上飛的、地上跑的、海裡游的，我至少駕駛過十之八九，至於那些未曾駕駛過的（例如太空船、深海潛艇），我也或多或少，研究過操作手冊。

由於這艘遊艇，是我臨時租來的，上面的導航設備，只能算差強人意，精確度難以估計。因此，我雖然進行了無線電波定位，仍舊有些不放心，索性掏出臨時購買的六分儀，回到甲板上，利用天文法，驗證目前所在的經緯度。

忙了十幾二十分鐘，我又回到駕駛艙，取出一張詳細的海圖，在其上標出遊艇目前的位置，以及巫師島的大致方位。然後，我參考洋流的資料，畫出一條預訂的航線。

直到這個時候，我才發現一件事——我所駕駛的遊艇，已經來到了百慕達三角的邊緣。我精神為之一振，因為這是我第一次，真正航行到這片充滿神秘傳說的海域。

不知道為什麼，常有人將百慕達三角誤以為是個三角洲，真是謬之極矣。所謂的百慕達三角，其實是大西洋西側的一個三角形海域，和什麼三角洲，八竿子也打不著。

既然是三角形，自然有三個頂點。最普遍的說法，百慕達三角的三個頂點，分別是百慕達群島、波多黎各以及佛羅里達州的邁阿密。這片海域相當廣大，將近有二百萬平方公里。

百慕達三角之所以神秘，是因為自一九四〇年代以來，有不少飛機和船隻，在這片海域無端失蹤或遇難，而且絕大多數，連一點殘骸都找不到，彷彿從地球上憑空消失了。為了解釋這個現象，各種理論紛紛出籠，有如百家爭鳴，從玄之又玄的無稽臆測，到煞有介事的科學理論，幾乎可說應有盡有。

當年，我雖然並未實際探索過百慕達三角的真相，但是對於相關的傳說和理論，早已十分感興趣，有意無意間，也蒐集了不少資料。然而，我對所有神秘現象所抱持的態度，一律是避免定見，儘量將各家學說，一視同仁裝在腦子裡，以便機會來臨時，能夠一一加以驗證。

話說回來，在尚未驗證之前，我自己也難免會做些判斷。比方說，有關百慕達三角的神秘現象，當時在我看來，有三個科學理論最具說服力。或許因為那個時候，正統科學在我心中，好歹仍佔了最大的比重，所以我對時光隧道、不明飛行物或幽靈船之類的另類解釋，只是聽過就算，並沒有認真對待。

第一個理論，稱為「氣泡湧浪」，認為在這片海域的海底，不時會冒出巨大的甲烷氣泡。這種氣泡上升時，由於水壓遽減，體積越來越大，最後來到海面上，便會形成一股突如其來的湧浪，輕易就能打翻附近的船隻。不過，這個理論有個致命的缺點，那就是這種湧浪，最高也只有幾十公尺，換句話說，頂多只能打翻直升機而已。為了補救這個致命傷，又有人提出修正理論，認為甲烷氣泡升到高空後，會干擾噴射機的引擎，因而造成失事。

第二個理論，則是認為在這片海域，有個巨大無比的漩渦，勉強可比喻成「海洋中的黑洞」。這個巨大的漩渦，不但會將船隻吸入，甚至會影響上空的氣流，造成龍捲風效應，導致過往的飛機失事。這個理論最吸引人的地方，在於將全球各地類似的危險海域（例如日本附近的「魔鬼海」），做了統一的解釋，認為地球上，總共有十二個這樣的巨型漩渦，百慕達三角只是其中之一。

第三個理論，可算是第二個理論的修正，也是我自己最信服的一種。這個理論認為，百慕達海域的確偶爾會出現巨大漩渦，但絕非什麼黑洞或無底洞。事實上，由於這個漩渦範圍太大，即使駕船航行其上，恐怕也毫無所覺。就像我們在日常生活中，總有地球是平的這種錯覺，是一樣的道理。

至於這種大漩渦，如何造成船隻或飛機失事，則是這個理論最精采之處。道理其實很簡單，這樣的大漩渦，在太陽底下，儼然成了一面碩大無朋的凹面鏡，能將陽光聚焦於某個狹小範圍，也就是所謂的焦點。當這個「洋面聚焦」作用發生之際，如果剛好有船隻或飛機經過焦點，自然毫無幸理，被燒得屍骨無存。

想到這裡，我半開玩笑地安慰自己，如今已是深夜，絕不會發生什麼聚焦效應，我可以安心地進入這片神秘海域，繼續向目的地前進。

這個時候，大約是午夜一點左右。我突然覺得有點冷了，決定喝點酒，暖暖身子。

我取出一瓶白蘭地，倒了半杯，不料剛舉起杯子，突然感到渾身不對勁，彷彿轉瞬間，人體所有不舒服的感覺——冷、熱、痛、癢、痠、痲——同時傳到我的大腦！我立時明白，是心蠱又要發作了！

雖然我對這種感覺，早已不再陌生，可是每當事到臨頭，我仍會感到萬般恐懼和無助。因為我知道，不久之後，自己就會陷入一場彷彿永遠醒不過來的惡夢，會看到各種恐怖之極的幻象，會聽到各種震耳欲聾的噪音，還會聞到難以忍受的刺鼻氣味！然後，我將再有一段時間，完全喪失神智，幾個小時之後，才會逐漸恢復正常。

如果我記得沒錯，這應該是心蠱第二十七次發作。而且我的情況，和當年的家祺完全一樣，發作的頻率越來越高，症狀則越來越嚴重。

過去二十幾次的發作，絕大多數集中於最近幾個月，也就是在我從事「移心之旅」的途中。這就代表說，發作的時候，白素並不在我身邊。

事實上，我剛認識白素不久，心蠱就首次發作了，好在當時，我獨自在書房裡，旁邊沒有任何人。雖然那次症狀極淺，但我立刻想到了是怎麼回事。從此以後，我便提高了警覺，因此後來在白素面前，僅僅發作過一次。我用了一個藉口，草草交代了過去。

凡是熟悉我的朋友，都知道我和白素之間，一向沒有任何秘密。不過老實說，那是後來的事。在認識白素之初，我的確隱瞞了心蠱這個秘密，至於原因，我自己也說不上來，或許是我的心情太過矛盾。如今，回顧這段幾十年前的往事，連我自己都感到有點難以置信，外人自然更難體會我當時的複雜心情。

回到正題。正因為我對心蠱的症狀，已有相當的經驗，所以我趁著神智清明的一點點時間，咬緊了牙關，忍受著肉體感受到的一切痛苦（想必都是幻覺，但對我而言，卻真實無比），趕緊關掉遊艇的引擎，並且拋下船錨。然後，我從隨身行李中，取出一副特製的手銬，將自己銬在駕駛座底部的金屬支架上。這樣一來，才能避免在失去神智的時候，做出意想不到的傻事（例如家祺當年發作時，曾拿菜刀一口氣砍傷七八個人）。

這副手銬的特別之處，在於使用一種特殊的定時裝置，時間一到，自動開啟，在此之前，沒有任何辦法能將之打開。

在我的記憶中，家祺當年心蠱發作，從來沒有超過半天的時間。但為了保險起見，我在訂製這副手銬時，特別要求將開啟的時間，定在十八小時之後。

然後，我蹲下來，蜷縮著身體，開始忍受心蠱發作時，一波波椎心刺骨的痛楚……

等到我清醒過來的時候，整個人平躺在駕駛艙中，那副特製的手銬，已經打了開，這就代表，至少已經過去了十八個小時。我感到全身乏力，並不急著站起來。

我抬頭向外望去，艙外一片漆黑，想必已經是第二天晚上。我看了看手錶，沒錯，現在時間是晚間八點左右。

這一次，我竟然失去意識，將近一天的時間，這是前所未有的事！萬一手銬自動開啟時，我仍處於瘋狂狀態，那麼……我簡直不敢再想下去！

一如往常，我感到又渴又餓，正準備起身大吃一頓，忽然覺得有點不對勁。我怔了一怔，這才真正察覺，問題到底出在哪裡。

我竟然聽到了引擎的隆隆聲！

我明明記得，昨天夜裡，心蠱發作之際，我第一時間，關上了引擎，並且下了錨，這才將自己銬在駕駛座上。莫非，剛才我已經醒過來一次，重新開啟了引擎？

但我隨即推翻了這個假設，因為我感覺到，遊艇只是輕微晃盪，完全不像正在乘風破浪。想到這裡，我再仔細聽了聽，那陣隆隆聲，似乎越來越響。

我立刻做出一個合理的推論，原來是另一艘船，正在向我接近。想必是哪位好心的船長，看到我的遊艇泊在這裡，以為我出了事，特地趕來救援。

我感到有些不好意思，打算利用船首的探照燈，打出「一切平安」的訊號。

我吃力地爬了起來，找出望遠鏡，循著引擎聲望去，果然看到左舷兩三百碼處，有一艘船正在逐漸向我接近。

正當我準備拍發燈號之際，卻突然想到，防人之心不可無，我最好別輕舉妄動。雖說這一帶海域，如今鮮有海盜出沒的傳聞，但小心一點，總是沒錯的。更何況這幾年，我因為好管閒事，已經結下不少仇家。

於是，我躲在漆黑的駕駛艙中，靜待那艘船接近。在尚未確定對方的身份和來意之前，我不打算暴露自己的虛實。

奇怪的是，我雖然聽見引擎隆隆作響，那艘船的速度卻慢得出奇。七八分鐘之後，我仍然不覺得，它前進了多少距離。

我在納悶之餘，不知不覺思緒又天馬行空，有關百慕達三角的靈異傳說，開始在我腦海中浮現。

我第一個想到的，自然是幽靈船的傳說。早在幾百年前，各國海員之間，就流傳著一種繪聲繪影的鬼故事——自古以來，有許多失事的船隻，會連人帶船化作幽靈，從此在海上神出鬼沒，造成更多的海難。其中，以一艘「荷蘭鬼船」最為有名，甚至成為著名歌劇的主題。

當百慕達三角惡名遠播之後，很快便有人將之和幽靈船聯想到一塊。於是，在穿鑿附會之下，古往今來所有著名的幽靈船，都滙集到了百慕達三角這片海域。

過去，我一向對這類傳說嗤之以鼻，斥為無稽之談，可是此時此刻，我卻有了不同的體悟。在詭異的氣氛下，最容易令人胡思亂想，就連我自己，雖然自詡見多識廣，不會對任何事心存定見，剛才都不知不覺想到了幽靈船，更何況那些頭腦簡單的海員。

想到這裡，我用力甩了甩頭，將那些怪力亂神的想法，一口氣拋在腦後。

過了好一陣子，我終於能透過望遠鏡，看出那艘船的大致輪廓。從外觀看來，那是一艘中型遊艇，比我這艘要大得多，而且豪華得多。直到這時候，我的心情才輕鬆了一點。

但我既然打定「防人之心不可無」的主意，那麼不到最後關頭，我仍不打算輕易曝光。我繼續利用望遠鏡，觀察那艘遊艇的動態。

等到它來到目視範圍之內，我突然有一種似曾相識的感覺。我連忙又拿起望遠鏡，仔細觀察一番，似曾相識的感覺，居然更加強烈！

那艘遊艇的艇身，漆成極其罕見的紅、黃兩色，十分鮮艷奪目。在我的記憶中，只有一艘私人遊艇，刻意漆成這種囂張的色彩。想到這裡，我連忙向艇首望去，想看清楚遊艇的番號。

我雖然已有心理準備，可是看到那三個字之後，還是怔了一怔，並冒出一身冷汗。

我猜得沒錯，那艘逐漸向我接近的遊艇，真的是「死神號」！

我不只一次說過，生平遭遇的第一個勁敵，外號就叫作死神。想當然耳，他正是「死神號」的主人！

我和死神交手，是兩年多前的事，那可說是我出道至今，最慘烈的一役。在那場你死我活的鬥爭中，死神雖然是我的死敵，偏偏又有另一重身份——他同樣是黎明玫的情人，甚至後來成了她的丈夫。而且最後，他還替死去的明玫，討回了公道，手刃了殺害明玫的兇手。

因此之故，在那場「戰役」結束之後，死神雖然落網，被控以殺人罪，我卻在最後關頭，出面替他作證，令他無罪開釋。

死神在走出法庭之前，特別來到我身邊，問我為何願意這樣做。當時，我和他對視了好一陣子，才答道：「為了你也真心愛明玫。」他露出一個難以形容的表情，不發一語，頭也不回地走了。

從此以後，我再也沒有見過死神，但我堅決相信，他已改邪歸正，退出江湖。

沒想到今天晚上，我竟然在地球另一個角落，再度見到死神的私人遊艇。這究竟是巧合，還是精心的安排？死神自己，是否也在這艘「死神號」上？他這次重出江湖，會不會又帶來一連串腥風血雨？或者，他只是駕著這艘遊艇，遨遊七海，在此時此地，和我不期而遇？

俗語說，是福不是禍，是禍躲不過，我決定不再胡思亂想，靜觀其變，再做打算。

不久，「死神號」終於來到我的遊艇旁，甲板上隨即出現兩名粗壯的水手，拋出繩索，將兩艘船繫在一起。這時我仍躲在駕駛艙中，這樣一來，我至少能繼續保有敵明我暗的優勢。

幾分鐘之後，不出我所料，從「死神號」的船艙中，走出一名五十歲左右的中年男子。他穿著一套筆挺的高級西裝，戴著一副金絲邊眼鏡，手中握著一根黑沉沉的手杖，儼然是個極其體面的紳士。只不過，他走起路來，左腿顯得不太靈活，看來似乎是義肢。

絕對沒錯，這位中年紳士，正是死神唐天翔！

由於敵友難分，我仍舊按捺住性子，按兵不動，屏息以待。只見死神緩緩走到船舷，舉起擴音器，道：「衛斯理，請移駕『死神號』，和故人一聚。」

死神既然把話說得那麼明白，我如果再藏頭藏尾，豈不成了縮頭烏龜！我迅速從隨身行李中，取了幾件應用裝備，貼身藏好，大步走出了駕駛艙。

我向死神揮了揮手，朗聲道：「天翔兄，別來無恙！」我一面說，一面提氣飛奔，輕而易舉從我的遊艇，跳到了「死神號」的甲板。說完這句話，我也剛好來到死神面前，向他伸出了右手。

死神露出一個難以捉摸的笑容，和我握了握手，道：「請進艙內一敘，還有一位老友，等著和你相見。」

聽到這句話，我做出不解的表情，死神卻裝著沒看見，已經一步步走向艙門，我只好跟了上去。

進了船艙之後，我心中的疑惑，卻是有增無減。死神剛才明明說，還有個老朋友要見我，但是豪華的船艙中，就只有我和他兩個人。

死神自然看出了我的疑惑，又露出詭異的笑容，道：「你忘了，這間艙房，別有洞天。」說著，他向掛著油畫的艙壁，指了一指。

我立時記起來，那面艙壁之後，設有一間密室。死神所說的另一位老友，難道藏在密室內？看他一副神秘兮兮的模樣，藏在裡面的，究竟是誰呢？

我正在納悶之際，忽然聽到「格」的一聲響，那扇暗門，已迅速打了開。

我隨即看到，那間密室的角落，擺著一張床，床上躺著一名女子，似乎昏迷不醒。我心中打了一個突，不顧一切衝了進去，仔細一看，幾乎不敢相信自己的眼睛！

躺在那張床上、雙眼緊閉的女子，竟然是石菊——是黎明玫的女兒！

轉瞬之間，有關石菊的種種記憶，一幕幕湧上我的心頭。我認識石菊，甚至還在明玫之前，當時她才十七歲，一直稱呼我「衛大哥」，而我也始終將她當成小妹妹。

石菊這女孩的身世，可說十分坎坷。直到明玫死前，她才終於知道，明玫是她的親生母親，而殺死她母親的人，竟然是她的親生父親，北太極門的掌門人石軒亭。

前面提到過，死神替明玫報了仇，他所殺死的兇手，正是人面獸心的石軒亭。石菊在父親死後，接掌了北太極門，從此隱居中國西康，再也沒有和我聯絡過。如今，她怎麼會躺在這裡？莫非……

雖然我立即反應過來，但還是遲了一步，只聽得「刷」的一聲，密室的暗門迅速關了起來。

我衝著那扇暗門，咬牙切齒地吼道：「唐天翔，你又在耍什麼詭計？別以為我不敢把這艘船炸沉！」

我果然沒猜錯，這間密室具有完善的傳音設備，幾秒鐘之後，我就聽到死神的聲音，道：「衛斯理，千萬別衝動。我就是因為太瞭解你，才不得不出此下策。請你稍安勿躁，務必讓我把話說完。」

我仍舊不甘示弱：「無論你想和我談什麼條件，先把石菊放出去再說。」

死神的聲音，聽來十分堅決，道：「恕難從命！」

聽到這四個字，我的火爆脾氣，立時被撩了起來。我一個箭步，跳到暗門之前，惡狠狠地道：「我相信這間密室，一定有閉路攝影機，你看看這是什麼！」我從腰際掏出一個包裹，以最快的速度拆了開。

死神倒抽了一口氣，道：「衛斯理，別做傻事！難道你真要將『死神號』炸沉？」

我不再做任何回答，因為我知道多說無益，唯有實際的行動，方能對他造成進一步的威脅。於是，我故意以誇張的動作，將包裹中的塑膠炸藥，分成四大塊，黏在密室甲板的四個角落。

等到我佈置好了一切，手中握著袖珍引爆器，這才抬起頭來，一字一頓道：「你再不放石菊，咱們就同歸於盡！」

萬萬沒想到，死神竟然冒出一句：「衛斯理，我做這一切，都是為了明玫！」

我壓抑不住好奇心，問道：「你這話，是什麼意思？」

死神道：「這樣吧，你給我三分鐘時間，我把這件事的前因後果，給你說個明白。三分鐘之後，你愛怎麼做都由你。」

我做了一個「請說」的手勢，死神便開始了他的敘述：「明玫死前，低聲對我說了幾句話，你並沒有聽到。」

我不禁大是狐疑，在我的記憶中，明玫臨終之際，我和死神都在她身邊，明玫的句句遺言，我都聽得一清二楚。我甚至清清楚楚記得，她說的最後一句話：「一切全都過去了……過去了……從今以後，我再也不會受人……騙了……」然後，我便感到明玫的手，突然緊了一緊，又陡地鬆了開來，這時她已斷氣，但仍死不瞑目。

想到這裡，我忍不住大喝一聲：「你騙人！」

死神卻發出一陣蒼涼的冷笑，道：「衛斯理，你真是偏執狂！枉費明玫臨死之前，還念念不忘，替你找一條生路。」

我已經忍無可忍了，吼道：「你在胡說八道什麼？」

接下來，死神的聲音，卻活像一串利針，一個字一個字刺進我的耳朵：「明玫早已料到，你總有一天，會另結新歡。那時，你身上的心蠱，便會令你求生不得，求死不能！」

我張大嘴巴，腦袋一片空白，什麼話也說不出來！

我居然從死神口中，聽到了「心蠱」兩個字，而這件事，竟是明玫告訴他的！難道我曾在明玫生前，向她透露過這個秘密？這怎麼可能呢？我立刻搜尋腦海中的記憶，試圖找出一絲線索。

我很快便想到，確有這個可能！

我和明玫的交往，雖說時日甚短，但無論如何，是一段轟轟烈烈的愛情，其間盪氣迴腸，纏綿悱惻，兼而有之。雖然我們沒有機會海誓山盟，可是我為了表明心跡，或許曾將心蠱的秘密，委婉對她透露些許。以明玫的冰雪聰明，自然很快就想通了整件事的來龍去脈。

後來，明玫獲悉死神決心除去我和石菊，只好答應下嫁死神，以交換我們的性命。她一定是逼不得已，才做出這麼重大的犧牲，可是她還始終掛念著我，至死不渝！

想到這裡，我悲從中來，不禁紅了眼眶。

死神的聲音，這時又傳了出來，不帶絲毫感情地道：「因此，明玫早已有了兩全其美的安排，那就是撮合你和她的女兒。她臨終之際，還特別提醒我，一定要替她完成這個心願。」

我立時怪叫幾聲，才算勉強發洩了激動的情緒。我無論如何想不到，明玫竟有這樣的遺願。但我轉念一想，心蠱的作用，令我今生今世，都不能對明玫變心，無論她是活色生香，或化為一縷芳魂，心蠱的作用都一視同仁，那麼明玫撮合我和石菊，又有什麼用呢？如果我真的愛上石菊，仍然等於變了心，心蠱絕不會看在明玫份上，就輕易饒過我！

死神似乎看透了我的心思，不等我開口發問，便逕自說了下去：「我知道你在擔心什麼，事實上，明玫生前已想到這個問題。你所擔心的事，其實已經獲得了解決。

「我且長話短說吧，你和石菊交好，並不會催動心蠱的發作。一來，你在認識明玫之前，已經對石菊頗有好感，二來，這是明玫心甘情願，撮合你倆，三來，最重要的一點，石菊是明玫的親生女兒，俗語說，母女連心……」

我難以置信地喊道：「哪有這麼簡單！」

死神長長嘆了一口氣，頓了好一陣子，才繼續道：「的確沒有這麼簡單，所以我才強調，只是長話短說。事實上，這正是我帶著石菊，前來求見巫王的原因。」

我大為驚奇，高聲喊道：「你們已經找到了巫王？」

死神道：「是的，經過巫王施術，所謂的母女連心，便有了巫術上的效應。所以，今天晚上，你大可放心大膽，和石菊洞房花燭……」

我突然打斷死神的話，義正辭嚴道：「慢著，石菊為何昏迷不醒？你得給我交代清楚！」

死神哈哈大笑了幾聲，毫不猶豫地答道：「衛斯理，你又自作聰明了。當我找到石菊，將這件事一五一十跟她說明之後，她心中一千個一萬個願意，我哪裡還需要用什麼不正當的手段？她之所以陷入昏迷，是因為巫術的作用尚未消退，就好像病人剛動完手術，尚未從麻醉中恢復一樣。」

我半信半疑地道：「她什麼時候才能醒來？」

死神答道：「巫王說，我們離開巫師島之後，頂多十個小時，她自然會醒來。現在——」死神頓了頓，想必正在看錶，隨即道：「她應該隨時會醒來了。」

真是無巧不成書，就在這個時候，躺在床上的石菊，彷彿受到這句話的召喚，發出了「嗯」的一聲。我連忙來到床邊，輕輕將她扶起。

直到這個時候，我才有機會仔細打量她。兩年多不見，石菊成熟了許多，一張俏臉更顯艷麗，而且從她的臉龐上，我居然看到了明玫七八成的風韻。

正當我感到心盪神馳之際，石菊已經幽幽醒轉。她緩緩張開眼睛，隨即猛然眨了好幾下，彷彿不敢相信，她醒來之後，已然躺在我懷中。

我連忙安慰她，道：「石菊，別怕，是我，是衛大哥。」

她勉強恢復了鎮定，但仍然激動地叫道：「衛大哥，衛大哥！真的是你！死神沒騙我，他真的把你找到了！」

我心中百感交集，忍不住緊緊摟著她，柔聲道：「是我，真的是我。從今以後，我會好好照顧你。」

就在這個時候，我忽然感覺到，石菊的右手，開始一鬆一緊地抽搐。我原本以為，那是她情緒激動的自然反應，但幾秒鐘之後，我就驚覺並不是那麼回事！

石菊右手的抽搐，似乎並非不由自主，而是一連串有意識的動作，彷彿是在對我打什麼訊號。我立時想到，初識石菊時，我倆雙雙被死神制住，石菊曾經用足尖，在地板上敲打出西藏康巴族人的鼓語，並成功瞞過了死神。

此時，她是否故技重施？我趕緊定下心來，不到一分鐘，便解譯了訊號的內容：「不論死神說什麼，千萬別相信。你我假戲真做，伺機逃生。」

3

第三章

巴哈馬群島

收到這樣的訊號，我不禁全身一震！石菊連忙緊緊抱住我，自然是要我務必鎮定。於是，我繼續摟著她，同樣利用康巴族的鼓語，給她打訊號。為了避免死神起疑，我甚至開始和石菊擁吻，像是急不及待要「洞房花燭」。

在這番旖旎風光底下，我和石菊，秘密交換了如下的訊息。

石菊再三強調，這一切，都是死神的陰謀。死神捉住她之後，便將她關在這間密室，駕著「死神號」，在全球各地尋找我的行蹤。至於死神的真正圖謀，石菊並不清楚，但無論如何，死神對我說的那番話，是百分之百的謊言。

我則向石菊保證，我有現成的辦法，能讓我和她逃出死神的魔掌。

根據我對「死神號」的瞭解，我們若想硬闖出去，即使能夠炸開暗門，兩人也會在衝出船艙之前，被子彈打成蜂窩。我和石菊，雖然都受過嚴格的中國武術訓練，可是肉體的速度再快，也快不過掛在艙頂的自動機槍。

因此我的計畫，是以出其不意的方式，炸開密室的地板，然後在一陣混亂中，我和石菊便有逃生的機會。

這項計畫還有一個優點，那就是剛才我為了威脅死神，已經佈置好了炸藥。這時，那四塊塑膠炸藥，仍貼在密室的四個角落，而袖珍引爆器，則在我的口袋中。

於是，在我的暗示下，我和石菊同時發難，以最迅速的動作，掀起床墊作為掩護。然後，我掏出引爆器，連按三下！

只聽得「砰砰砰」三下巨響，除了我們這個角落之外，其餘三塊塑膠炸藥，都陸續被引爆了。

我猛地推開床墊，設法在硝煙瀰漫中，查看目前的狀況。在我想來，爆炸的威力，不但能將地板炸出幾公尺見方的大洞，還足以炸穿船身，讓我們有機會從水中逃生。

可是我看了一眼，就知道自己太過低估「死神號」的堅固程度。密室的地板，只被炸出三個小洞，根本於事無補。

我心中懊悔不已，責怪自己太過魯莽，這樣一來，無異圖窮匕現，令我失去了唯一的優勢。我正在盤算該如何善後，卻聽到死神慌張地大叫：「棄船！棄船！」

這時我才發現，那三個破洞雖小，仍有海水湧了出來，而且水勢越來越大，活脫是三股噴泉。一眨眼的工夫，海水已經淹到了床鋪的高度。更糟的是，密室的燈光突然熄滅，整個空間變得伸手不見五指。

石菊驚慌失措道：「衛大哥，怎麼辦？」

我勉強故作鎮定：「別急，還有一塊塑膠炸藥，我故意沒引爆，剛好能用來炸開暗門。」說完，我便跳下床，鑽進海水中，摸索那塊尚未引爆的塑膠炸藥。

奇怪的是，我明明記得，第四塊塑膠炸藥，就黏在床鋪旁邊，可是這時候，我卻怎麼也摸不到！難道是剛才的爆炸，將它震到了別的地方？

想到這裡，我連忙竄出水面，對石菊道：「那塊炸藥不在原來的位置，最好我們兩人一起找。」石菊二話不說，立刻跳入水中。

我們在漆黑的海水中，盲目摸索了至少三分鐘。我終於在一個意想不到的角落，摸到了那塊碩果僅存的炸藥。不料就在這個時候，石菊猛然抓住我的右手，我直覺地想到，她一定是抽筋了，立刻設法將她拉出水面。沒想到石菊的力量大到難以想像，我非但沒將她拉起來，反倒被她向下拉去。而且我越是用力，她就抓得越緊。

我突然緊張得不知所措，竟在水中張大嘴巴，想要大叫。接下來，自然而然的結果，是我喝了幾口又鹹又苦的海水，忍不住嗆咳起來！

嗆咳起來？

不對吧，所謂的嗆咳，就是劇烈的呼吸，這時我整個人浸在海水中，怎麼可能嗆咳呢？

一定有什麼不對勁！

想到這裡，我猛然張開眼睛，醒了過來，這才發現，自己的處境狼狽之極！

我平躺在駕駛艙地板上，右手仍被手銬牢牢銬住。一股接一股的巨浪，不斷湧進駕駛艙中，早已令我全身濕透。艙外昏暗無比，能見度等於零，但我聽得到狂風暴雨的呼嘯，感受得到驚濤駭浪的衝擊。

我利用最短的時間，強迫自己鎮定下來，幾秒鐘之後，我便想通了是怎麼回事。剛才那番經歷，從「死神號」出現開始，都是心蠱發作時，所產生的種種幻象。最直接的證據，就是我的定時手銬，尚未自動打開。

我看了看戴在左腕的手錶，現在是正午時分。換句話說，距離昨夜心蠱發作，已有將近半天的時間。

只不過半天的時間，天氣竟然有如此巨大的變化？我在出發之前，曾仔細蒐集附近海域的氣象資料，確定最近這幾天，高氣壓籠罩，不可能出現任何颶風！

但我立刻提醒自己，現在可沒空思考暴風雨的成因，當務之急，必須儘快設法脫離這種狼狽的處境。至少，應該趕緊關上艙門，因為我自己受罪事小，萬一遊艇機件受損，那問題可就大了。

我勉強站起來，向艙門靠過去，可是我盡力伸出左手，還是差了那麼一點點。我改為伸出左腳，雖然能夠踢到艙門，令其暫時關閉，偏偏無法緊鎖。一兩分鐘之後，一個大浪湧上甲板，又將艙門推了開來。

我只好放棄關上艙門的企圖，開始設想別的辦法，來改善自己的處境。可是，我在目前的活動範圍內，根本做不了任何事，甚至駕駛座前方的儀錶板，我也看不到、搆不著。

好在已是正午時分，我只要再熬六七個小時，便能重獲自由了。

我背對著艙門，坐在地板上，忍受著一波又一波的海浪。好在我生性樂觀，隨即想到，索性將這個極端的處境，當作對體能的磨練。我開始屏氣凝神，令真氣遊走全身，不久之後，就根本不在乎海浪的衝擊，甚至感覺不到遊艇的猛烈搖晃。

在這種情況下運氣練功，對我來說是個嶄新的體驗。我不禁對自己的適應力，感到十分驕傲。

在打坐入定的狀態下，時間的「流速」總是異乎尋常。當我將龍虎功的內功心法，演練兩遍之後，再看看手錶，已是傍晚五點鐘了。

可是這個時候，風浪要比中午更猛烈許多，海面像是化作一隻巨掌，抓住我的遊艇，猛力甩來甩去。我開始擔心，有翻船的可能。

如果我是自由之身，那麼這種風浪，我自認還能應付。無奈這時，我什麼機件都搆不到，只有乾著急的份！

不久之後，我所擔心的事，果然發生了！一個巨浪，將遊艇陡地抬高十幾公尺，在浪頭最高處，遊艇幾乎垂直豎了起來。然後，活像坐摩天輪那種感覺，船艙裡的一切，迅速上下易位。我立刻驚覺，船身開始翻覆了！

雖然我明明知道，翻船之後，生還的機會極其渺茫，但求生的本能，仍令我盡力做好保護措施。我雙手緊抓駕駛座底部，身體儘可能蜷曲，頭部則縮在雙臂之間。

接下來的變故，大概只有「天翻地覆」勉強能夠形容。我很可能昏過去一陣子，因為我對當時的記憶，似乎有些不連貫。

等到我終於清醒的時候，整個駕駛艙已有一半浸在水中。而且，更多的海水，正在迅速吞噬另一半空間。換句話說，遊艇正在迅速沉沒！根據我的估計，不出三分鐘，我就要滅頂了。

短短三分鐘的時間，我能做些什麼呢？

猛然間，我的腦海中，響起了「壯士斷腕」這四個字。雖然我的右手，無法掙脫那副特製的手銬，然而，我卻有可能掙脫自己的右手！

猶豫了一分多鐘之後，我用左手，取出了隨身攜帶的彈簧刀。直到這個時候，我才終於明白，什麼叫作進退維谷。

我只要咬緊牙關，一刀砍下去，立刻就能逃出這艘即將沉沒的遊艇。可是接下來，我的處境難道會比現在更好嗎？我必須帶著重傷，忍著劇痛，開始在海上漂流。我很可能會因為失血過多而死——不，更有可能在死前，就成為鯊魚的點心。

但如果不砍這一刀，我即將隨著遊艇，葬身海底！

最後一分鐘，我不斷天人交戰，心中冒出千百個念頭。等到海水淹到下巴之際，我幾乎已經下定決心，犧牲自己的右手，好歹爭取幾小時的時間。就在這個時候，我突然靈光一閃！

我想到，在這種絕境下，不妨試試另一個險招，或許活命的機會更大些。因為，要不了兩小時，那副定時手銬，便會自動開啟，只要能在海底撐兩小時，我就能夠逃出生天！

問題是，誰能不必呼吸，在海底撐兩小時？

答案是，一般情況下，當然誰都不能。據我所知，人類閉氣的世界紀錄，絕對沒有超過十分鐘。（我後來認識的那位「魚人」都連加農，或許是唯一的例外。但他根本就是「非人」，能夠將他的肺，當作鰓來呼吸。）

然而，此時此刻，我正面臨著生死關頭，可不是什麼一般情況。我願意拿這條命，賭上一賭，試試傳說中的龜息術，到底有沒有效。

凡是愛看武俠小說的朋友，想必對所謂的「龜息術」或「龜息大法」都不陌生。簡單地說，內功精湛的高手，能夠藉著這種功夫，封閉全身經脈，進入一種假死狀態，若干時辰之後，再自然復活。

至於現實世界中，究竟有沒有這樣的內功，江湖上始終眾說紛紜。雖然有人說得繪聲繪影，其實誰也沒有親眼見過。

想當年，我的第二位師父揚州瘋丐金二，一直對這類傳說，抱著寧可信其有的態度。

正如他常掛在嘴邊的一句話：「江湖之大，無奇不有。許多奇聞軼事，容或有誇大之處，可是好歹仍有所本。」

因此之故，他曾花了一番心力，探索龜息術的奧秘。沒想到幾年下來，竟然收穫頗豐，蒐集到十幾種五花八門的口訣和心法，其中一半以上，根本已脫出內功的範疇，進入法術的領域。

金師父這個人什麼都好，就是太過不信邪，任何超自然現象，都被他視為子虛烏有或怪力亂神（還記得我八歲時，第一次遇到他的場景嗎？）。所以凡是和法術相關的龜息口訣，他一律不屑一顧，棄之如敝屣。

至於其餘的內功心法，則十之八九是無稽之談，金師父乃武學大家，自然逃不過他的法眼。淘汰到最後，只剩下兩套心法，金師父參詳多年，始終難辨真偽。

想必有人會說，那還不簡單，只要練練看，自然真偽立辨。可是，事情當然沒有那麼簡單，因為這兩套心法，包含了幾個十分凶險的步驟，以金師父的內功修為，都不敢輕易嘗試。

十年前，金師父和我最後一次見面，將這兩套內功心法，傳了給我。

如今想來，那次見面，距離我後來「鋃鐺入獄」，只不過幾週的時間。那天早上，我正準備去上課，剛走出寢室，金師父突然出現在我面前，道：「為師將有遠行，你我師徒二人，今日好好聚聚。」可想而知，我當然毫不猶豫便「逃學」了。

當天，金師父照例考察了我的武功進度，不過大多數時候，都在和我閒話家常，頗有臨別依依之感。

原來，金師父最近打聽到，日軍侵華期間，在中國劫掠的大量財寶，被日軍於戰敗前夕，秘密運往南洋埋藏，最可能的藏寶地點，是菲律賓的呂宋島。

金師父一生，一向視錢財如糞土。事實上，他早年還是富家子弟，但由於熱心仗義疏財，三十歲便將家產「敗光」，從此索性敝衣敗履，過著閒雲野鶴的日子。所以說，金師父去發掘這筆寶藏，絕非為了榮華富貴，而是要替國家民族，追回一筆為數可觀的財產。

金師父大致說完遠行目的之後，嘆了一口氣，又道：「今日一別，我師徒倆，不知何年何月才能相見。好在為師的武功，你已學得七八成，接下來，就要靠你自己體悟了。不過——」金師父似乎欲言又止，我也不敢打岔，等了好一會兒，他才繼續道：「為師還有兩套內功心法，始終下不定決心，該不該傳授予你。」

我立刻接口道：「只要師父肯傳授，徒兒一定日夜勤練。」

金師父哈哈大笑幾聲，道：「我就是怕你勤練，才猶豫至今。」

我大惑不解：「斗膽問師父，天下哪有師父傳授徒兒武功，卻怕徒兒勤練的道理？」

金師父皺了皺眉頭，正色道：「因為這兩套內功心法，端的凶險無比，連為師都沒敢練。」接下來，金師父就把這兩套龜息心法的來龍去脈，對我一五一十講了個明白。

聽完之後，我的反應，自然是好奇心大熾。我連忙央求金師父，無論如何要將這兩套心法傳授給我。為了避免金師父擔心，我還指天罰誓，若無萬全把握，絕不輕易習練。

金師父卻不為所動，仍舊搖了搖頭。我急中生智，道：「武俠小說中，龜息術大多是用來保命的。您今日傳授給我，或許真有一天，徒兒命在旦夕，那時施展開來，便能死裡逃生也說不定。」

金師父拗不過我，當下將兩套心法，背誦了一遍。我複誦兩三次，已然默記在心。

當天夜裡，金師父便離開了北京城，從此以後，我再也沒有他的音訊。十年來，我曾透過各種管道，打聽他的下落，竟始終一無所獲！

至於那兩套心法，我果真只記在心中，未曾真正習練過。因為，根據我對內功原理的瞭解，那兩套心法，有諸多不合常理之處，確實凶險無比。話說回來，其中又隱約透出奇正相生之道，似乎自有一番道理。可惜這些年來，我始終沒有機會，靜下心來好好參詳其中的奧妙。

可是此時此刻，我困在一艘即將沉沒的遊艇中，處境之凶險，可說無以復加。因此，我抱著置之死地而後生的決心，打算利用龜息術，賭一賭我這條命。

雖說我已下定決心，仍然還有一個問題。總共兩套心法，我該選哪一套？

情急之下，我已無法做出理智判斷，遂決定選口訣較短的心法試試看。這時，海水也剛好蓋過我的嘴巴。我仰頭猛吸了一口氣，便鑽入水中，勉強擺出一個運功的姿勢。

有史以來，大概再也沒有一個中國武人，曾在這種情況下，習練一種上乘內功。我必須同時對抗海水的阻力和浮力，以及遊艇下沉的拉力，才能保持趺坐的姿勢。

然而，我終究克服了一切困難，開始依照那套心法，令體內的真氣，以陌生之極、古怪之至的方式，循著各條經脈遊走。

沒想到一切十分順利，我全身的經脈，果然一一封閉。不料，在最關鍵的心脈上，這套心法突然不靈了！

我立時想到了原因，那是因為幾年前，我的心脈受過傷，至今尚未痊癒。

這時，我已經感到呼吸有些困難，逼不得已，只好兵行險著，跳過心脈，繼續封閉其他的經脈。結果不久之後，竟然漸入佳境，令我進入一種前所未有的入定狀態——嚴格說來，根本是一種假死狀態。

我已經暫時不必呼吸，甚至感覺不到脈搏的跳動（想必血液也已冰冷），但我的意識，仍舊保留了一絲清明。

所以，當手銬自動打開時，我立刻察覺到了。奇怪的是，在我的感覺中，只不過一眨眼的工夫而已。

（後來我才知道，因為我並未將心脈完全封閉，所以保留了一點點意識。可是這樣一來，氧氣的消耗自然來得大，龜息的時間也自然縮短了。好在那副手銬，及時打了開，不然一切都是白忙一場。）

我慢慢張開眼睛，四周一片漆黑，我只好憑著記憶，摸索出路，迅速逃出了駕駛艙。然後，我根據浮力判斷上下方，以最快的速度向海面游去。

雖然尚未浮出水面，但我知道自己的一條命，已算撿回了一半。直到這個時候，我才想到自己多麼幸運！因為根據水壓的感覺，遊艇沉沒的地點，應該不算太深，至少在我的體能極限之內。雖然我最深的潛水紀錄是三百呎，已經非常接近當時的世界紀錄，但是，加勒比海的平均水深，起碼有六千呎！

我隨即想到，遊艇一定是沉沒在巴哈馬群島某個珊瑚礁附近，否則不論龜息大法多麼靈驗，我也難逃葬身海底的命運。

想到附近有珊瑚礁，我立刻精神為之一振，這樣一來，我存活的機會，又翻了兩番。不到一分鐘，我便浮出了水面。我近乎貪婪地，大口大口呼吸著鹹濕的空氣，彷彿那是世上最美好的氣味。

等到呼吸勉強恢復正常之後，我才注意到，自己的處境並未改善多少。海面仍舊風雨交加，至少有七八級的風浪，而且能見度奇差無比，根本看不到珊瑚礁的影子。

話說回來，在惡劣的環境下求生，早已成為我的第二本能，我相信只要足夠鎮定，一定能夠化險為夷。

首先我想到，一定要保持體力，才能爭取更多的時間。所以我不再踩水，改用毫不費力的水母漂浮法，整個人平攤在海面上。

接下來，我推測在遊艇沉沒的過程中，應該會有一些東西浮出水面，例如救生圈，或是一些充滿空氣的容器或箱子，我該儘量找找看。如果能摸到一兩個乾糧袋，當然就更妙了。

於是，我開始以最輕鬆的動作，緩緩游動，摸索著浮在水面上的任何東西。

可是我忙了至少七八個鐘頭，摸到的盡是一些海草。我已經一天一夜未曾進食，冰冷的海水更加速剝奪了我的熱量，令我早已餓得發慌。我開始不管三七二十一，將摸到的海草，通通吞下肚，沒想到這樣一來，胃部神經卻更加敏銳，根本是越吃越餓！

我受到本能的驅使，繼續四下摸索，突然間，我的右手指尖，將一種陌生的觸覺，傳到了我的大腦。但這個感覺一閃即逝，令我幾乎以為，是由於我過於饑餓，所導致的一種幻覺。

嚴格說來，那種陌生的觸覺，其實並沒有多麼陌生，只是一種滑滑黏黏膩膩的感覺。換句話說，我竟然覺得，自己觸摸到一條魚，而且是一條大魚！

一條大魚！

我根本想也沒想，便抽出隨身的彈簧刀。這時我心中，只有一個念頭，若能殺死這條大魚，至少可以飽餐好幾頓。

我握著長達七八寸的彈簧刀，擺出水中搏擊術的標準姿勢，開始耐心等待。只要那條大魚，再度出現在我附近，我有把握在第一時間，一刀刺入牠的身體。

在最需要靜下心來的時候，我的老毛病又犯了，思緒不知不覺飛到了另一個時空。

那是大約一年前，我在南極的一次奇遇。當時我的處境，並沒有比現在好多少。我困在一大塊浮冰上，毫無禦寒設備，更沒有任何食物，生存的機會等於零。

在那種饑寒交迫的絕境中，竟然有一頭白熊，突然出現在我面前！對我而言，無疑是老天賜我一條生路。我立刻掏出彈簧刀，和白熊展開殊死戰，經過一場血腥的惡鬥，那頭白熊終於成了我的戰利品。我吃牠的肉，喝牠的血，還穿上牠的毛皮，才得以絕處逢生，撐了整整七天，最後總算獲救脫險。

至今為止，我仍然認為那是天賜的好運。因為後來我才想到，南極地區並不產白熊，那頭狀似北極熊的白熊，究竟是如何到南極去的，一直令我百思不解。我唯一能想到的合乎邏輯的答案，是某個南極探險隊，由於某個無聊的動機（或許是某人要寫博士論文），將牠萬里迢迢，從北極載運到南極，後來卻被牠脫逃了。

（千萬別以為天下沒有這種無聊份子，否則怎麼會有〈黔之驢〉這個故事，以及「黔驢技窮」這句成語？）

（事實上，在我看來，如今有不少博士論文，題目都要比〈北極熊對南極地區的適應性〉還無聊得多！）

（又，近年來由於地球暖化，北極面積遽減，真的有人開始倡議將北極熊南遷。）

此時此刻，我手中緊握的，正是殺死那頭白熊的同一把刀。我不禁想到，上天對我真是萬分眷顧，又適時為我送上一頓大餐。

就在這個時候，我突然覺得，四周的海水，似乎捲起一股漩渦。我立刻聯想到，莫非傳說中的百慕達大漩渦，也給我碰巧遇上了？

可是下一瞬間，我就真正想通了。這股漩渦，和百慕達三角的神秘現象毫無關係，而是代表那條大魚，又游回來了！

我幾乎可以聽見，自己的心臟在怦怦亂跳，但我連忙收攝心神，強迫自己鎮定下來。雖說在水中，「淵渟嶽峙」這個成語似乎不合用，可是我實在想不到別的形容詞。

我不再理會漩渦的干擾，打定主意，一定要等那條大魚貼近，才發出致命的一擊。

決戰的時刻終於來了！我清清楚楚感覺到，那條大魚的尾鰭，先後掃到我的左臂和右臂。我立刻變換身形，將身體打橫，猛然伸出右手，向右前方刺去！

根據我的估計，縱使大魚游得再快，也逃不過我迅雷般的突襲。

可是就在這一瞬間，我突然清醒過來，急忙半途收招。這樣一來，我所發出的力道，盡數反噬自身，令我體內氣血翻騰，說不出有多麼難過。

然而，我心知肚明，剛才這個舉動，救了我自己一命！

我一定是餓昏了，才完全沒想到，加勒比海是好幾種惡鯊的大本營。而鯊魚的嗅覺，靈敏到如何不可思議的程度，則是小學生也知道的常識。

如果我殺死了那條大魚，在我尚未大快朵頤之前，就會招來無數的鯊魚，和我搶奪這頓大餐。在那種混亂的情況下，我很難避免也成為牠們的點心。

我只好收起彈簧刀，徹底放棄了吃一頓「生魚片」的念頭。

說來奇怪，經過這麼一折騰，我的精神和體力，反倒好了起來，饑餓感也沒有那麼強烈了。或許，這和所謂的望梅止渴，有著異曲同工之妙。

我看了看手錶，已經是凌晨五點多，不久之後，天就會亮了。我也說不上來為什麼，總覺得這場劫難，將隨著黑夜一同成為過去。

可是，等到天際開始矇矇亮的時候，我才瞭解到，那種樂觀的直覺，純粹只是我自己在安慰自己。因為我發現，自己的困境非但沒有獲得改善，而且比我想像之中，更加凶險無數倍。

剛才，我始終覺得那條大魚並未離去，因為似有若無的漩渦仍不時出現。此時此刻，我終於能親眼證實，並非我的錯覺或幻覺。

我親眼看到了那條大魚，不，應該說，看到了牠的背鰭！

我立時倒抽了一口涼氣！因為我一眼就看出來，那是一條巨大的鯊魚，而且很有可能，是兇惡之極的虎鯊。

一兩個小時前，我竟然還想拿牠當生魚片，現在想想，真是標準的黑色幽默。剛才，如果我沒有在最後關頭，硬生生收回刺出的一刀，那麼接下來，將注定展開一場人鯊大戰。而我絕對沒有把握，能利用人類發明的水中搏擊術，擊敗一條兇猛程度僅次於大白鯊的虎鯊。

最可能的情況，是在牠的同類尚未聚集之前，我就成了牠的早餐。

可是，我雖然放棄了牠，牠卻似乎並未放棄我！算起來，牠在我身邊游來游去，少說已有兩三個小時。看來牠目前還不餓，並不急著將我吃下肚，但牠遲早會對我發動攻勢，不會輕易放過這頓溫血美食。

我該怎麼辦？

俗語說，伸頭是一刀，縮頭也是一刀，我不如趁著還有點體力，奮力一搏？

可是我轉念一想，那將是毫無意義的舉動，只會白白葬送了自己的性命。不如儘量拖延時間，或許還有苟活的機會。

想必有人會感到奇怪，衛斯理這次為何那麼怯懦？答案很簡單，在此之前，我已經和食人鯊魚有過一次交手經驗，體會過這種海中魔鬼的兇猛程度，絕非人力所能對抗。我曾經做過一個比喻，在水中，人類和鯊魚比起來，猶如蝸牛和野豹一樣。

那段生死一線的經歷，是我兩年多前，在地中海的科西嘉島附近，和石菊一起遭遇的。詳細經過，我已記述在《鑽石花》這個故事中。但在故事發表後，一位研究海洋生物的讀者立刻寫信給我，指出地中海並沒有虎鯊出沒，因此我所遭遇的，應該是另一種巨型鯊魚，而根據書中的描述，他判斷很可能是大白鯊。

我雖然生性十分固執，這點我從不否認（所以才會說出「南極沒有白熊，世上也沒有衛斯理」這種氣話），可是對於事物的真相，我更是擇善固執。如果有什麼事，真的是我自己弄錯了，事後我一定會承認，並適時做出修正，甚至公開道歉。

因此，我接到那封信之後，著實花了一番工夫，研究過幾種巨鯊的相關資料。結論是，我極有可能真的弄錯了，那次在科西嘉島外海，我和石菊遇到的，應該並非虎鯊，而是大白鯊。只是因為我一直太忙，始終沒有機會做出更正，沒想到這一拖，就拖了四十餘年。

然而，正因為我對世上幾種巨鯊，下過一番苦功，因此這時我光從背鰭，幾乎就能百分之百確定，如今我所面對的，是一頭如假包換的加勒比海虎鯊！

4

第四章

巫師島

過去這三十幾小時，接二連三的怪事，加上層出不窮的劫難，令我不得不相信，百慕達三角有魔鬼海域之稱，絕非浪得虛名！

在我一生中，還從未遇到過這麼艱困的處境。

前天夜裡，我心蠱發作，經歷了諸多幻象，已經不知耗掉多少體力。醒來之後不久，我又被沉沒的遊艇帶到海底，勉強靠龜息術逃過一劫。可是等到我浮出水面，狂風暴雨仍舊毫無停歇的跡象。我又睏又累，又冷又餓，吃了不知多少海草，不料卻是越吃越餓。好不容易，以為老天賜給我一頓美食，結果最後關頭才弄清楚，竟是老天和我開了一個大玩笑。

如今，這個「大玩笑」仍在我周圍游來游去，我卻一籌莫展。如果我輕舉妄動，隨時可能進了這頭虎鯊的肚子。

虎鯊的體型，雖然比大白鯊小一兩號，可是牠的利齒，真的可以媲美猛虎，比大白鯊更加可怕。只要被這副巨齒咬上一口，絕對沒有再活下去的機會。

我活了三十多歲，還是頭一次體會到什麼叫作苟延殘喘！目前我唯一能夠做的，就是儘量拖延時間，等待奇蹟出現。

可是不知過了多久，奇蹟依舊沒有出現，我卻已經榨乾了最後一點體力。這時候，別說是附近有一頭虎鯊，就是有人拿著機槍對我掃射，或是舉起利刃要將我開膛破肚，我也只能任人宰割，毫無逃脫或反抗的力氣。

我明白要不了多久，自己就會失去意識，陷入昏迷狀態。雖然我能採取仰泳的姿勢，讓自己不至於立即滅頂，但在這種大風大浪之中，我不相信還有機會醒過來。

我突然想到章回小說中，常有「我命休矣」這種感嘆句，用來形容我此刻的心情，可說再恰當不過了。

然而，求生的本能，絕不會准許我輕易放棄。我的腦子不自覺又動了起來，冒出一個匪夷所思的想法——

目前這種情況，唯一可能救我一命的，就是那頭看來準備要我命的虎鯊。

因為我依稀記得，我在廣泛閱讀有關鯊魚的文獻時，曾經讀過一篇獨排眾議的文章。作者是一位特立獨行的海洋學家，他堅稱虎鯊其實生性溫馴，僅以魚類和甲殼類為食，所謂虎鯊喜歡吃人，純粹是以訛傳訛，容或有一兩樁真實案例，也是人類主動挑釁的結果。

雖然這篇文章，得不到當時學術界的認同，但我在如此絕望的情況下，也只好死馬當活馬醫了。於是，我擠出最後一點力氣，以儘可能輕巧的動作，向那頭虎鯊游去。

過去幾小時，那頭虎鯊一直繞著我緩緩打轉，和我的距離，始終沒有超過十公尺。所以這個時候，我主動向牠游去，一下子就游到牠身邊。

然後，我放大膽子，伸手輕輕向牠摸去。下一瞬間，我心中一陣狂喜，因為久等不到的奇蹟，終於出現了！

那頭虎鯊，非但未曾乘機向我發動攻擊，竟然還默許我，抓住牠的背鰭，其溫馴的程度，比海豚還有過之而無不及。

接下來，我想也沒想，就慢慢爬上牠的背部。下一刻，我便扎扎實實昏了過去⋯⋯

等到我又逐漸清醒的時候，差點以為自己趴在一塊衝浪板上，正在夏威夷或邁阿密度假。但我很快想了起來，這究竟是怎麼回事。

載著我在海面上載沉載浮的，乃是一頭如假包換的加勒比海虎鯊！牠不但沒有吃掉我，反倒救了我一命，讓我在昏迷之際，免遭滅頂之禍。

可是，問題又來了，我不能永遠趴在這頭虎鯊身上，否則遲早還是會餓死。想到這裡，我又開始感到饑腸轆轆。

就在這個時候，我感覺到虎鯊快速向前游去，彷彿知道我已經醒了過來。我反正豁出去了，索性跨坐在牠背上，雙手抓住牠的背鰭，任由牠帶著我乘風破浪。

我忽然想到，幾年前，名作家金庸在一部武俠小說中，好像曾有過類似的描寫。當時，我只當作成人童話來看，沒想到幾年後，自己竟然親身經歷了這等奇事！

如今回顧起來，我當時的意識，大概已有幾分迷亂，所以在「騎鯊遨遊」的時候，我興奮之極，將一切煩惱拋到了腦後，甚至忘了自己仍舊沒有脫險。

當時我心中，只有一個念頭，我這一生，又多了一項奇特之極的經歷。

由於我實在太興奮，根本沒注意時間過了多久，我只記得突然發現，正前方的海面，出現了一絲陽光。不久之後，陽光越來越強，我告訴自己，總算要脫離這場暴風雨的範圍了。

不料，在即將衝出暴風圈之際，我胯下的虎鯊，突然轉了方向。

牠先是向右轉，沿著暴風圈的邊緣，游了一陣子。然後，在毫無預警的情況下，牠猛然鑽入水中。由於我雙腿夾得很緊，雙手抱得更牢（鯊魚皮其實很像砂紙，不難抓牢），所以我並未被牠甩開，而是跟著牠一起入水。

我也說不上來，自己為何就是不願鬆手，因此幾秒鐘內，我至少下潛了一百呎。

我感到耳朵奇痛無比，這才稍微恢復了理智。如果再以這種速度下潛，縱使我受過嚴格的中國武術訓練，縱使我有極佳的潛水紀錄，我的身體也一定吃不消。

我終於鬆開了虎鯊，緩緩向上游去，心中頗有依依不捨之感。

當我浮出水面之後，已經來到暴風雨的另一邊。「另一邊」這種說法，或許有點奇怪，然而當時，我的第一印象，真的就是這樣。

在我右側大約兩三公尺的地方，彷彿有一面巨大無比的玻璃牆，將漫天烏雲、狂風暴雨和驚濤駭浪，通通擋在外面。所以我目前所在的位置，海面上風平浪靜，天空則艷陽高照。

真是天下之大，無奇不有！我原本以為，自己這幾年上天下海，跑遍了整個地球，已經算是上窮碧落下黃泉，沒想到和井底之蛙，仍只是五十步和百步的差別。

不過這時，我無心對這個自然界的奇觀，多做觀察和研究。因為，我立刻又有了更令人振奮的發現。

在左前方大約一百公尺處，我竟然看到了陸地！一時之間，我真不敢相信自己的眼睛。然而，即使只是幻覺，或是海市蜃樓，我也一定要游過去，親身驗證，才能死心。

好在我的體力，在剛才的昏睡中已恢復不少，這一百公尺的距離，還難不倒我。我奮力向前游去，但還是花了遠超過我預期的時間，才總算游到了岸邊。

直到這個時候，我才終於確定，一切並非幻覺，也是直到這個時候，我才終於確定，自己得救了！

我歷經千辛萬苦，九死一生，總算熬過了這一連串的劫難。

除了沙灘之外，我目力所及，盡是綠油油的一片，代表這塊土地，充滿盎然的生機。即使這只是一座小島，甚至無人的荒島，我也有辦法在這裡生存下去。

此時此刻，我最想做的一件事，自然是先飽餐一頓。於是，我看準了身邊一棵高大的椰子樹，抽出彈簧刀，用力射出去。

我至少剖開十顆椰子，將椰肉吃得乾乾淨淨，才勉強止住了饑餓。富含礦物質的椰子汁，更是迅速補充了我體內的電解質。

吃飽喝足了，我才總算有心思，仔細觀察一下這個地方。我抬起頭來，想在附近找一塊高地，以便對整個環境做個鳥瞰。不料我剛抬起頭，映入眼中的景象，就令我大吃一驚，連叫都叫不出來。

我發現頭頂的天空，呈現一種詭異之極的形態。勉強形容的話，就是在烏雲密佈的天空中，開了一扇形狀不規則的天窗，在這扇天窗範圍之內，連一片白雲都沒有。更詭異的是，這扇天窗竟一動不動，像是釘死在天上。天窗周圍的烏雲，看得出正在不斷翻轉騰挪，彷彿想要侵入這個範圍，卻始終徒勞無功。

我之所以感到艷陽高照，正是因為我所在的位置，在這扇天窗的正下方。

我立刻將這個奇觀，和海面上的「玻璃牆」聯想在一起。事情再明顯不過，那面玻璃牆，圍了整整一圈，圈住了這個地方（所以這裡果然是個小島）。我幾乎可以肯定，這扇天窗的不規則形狀，一定就是這座小島的形狀。

剛才，我在海上看到那面「玻璃牆」的時候，還以為是自然奇觀，以為勉強可用氣象學的理論解釋得通。可是這時，看到這個大異象，我便心知肚明，大自然即使再奧妙，也不可能出現這種奇觀。

既然不是自然現象，就一定是人力所為。可是，根據我對當今科技的瞭解，人類對於氣候控制的研究，仍處於嬰兒學步的階段。即使科技最先進的美國，也頂多只能製造幾場人造雨，或是令颶風的威力減弱些許，絕對無法做到，將一場暴風雨，摒除在某個範圍之外。

那麼，我眼前的古怪異象，還有任何可能的答案嗎？

若是半年前，我會立刻想到外星人的力量，可是如今，我心中有一個更可能的答案。

想到這裡，我突然感到一股莫名的興奮，忍不住仰天長嘯了好一陣子。然後，我一面手舞足蹈，一面大叫：「我找到了！我找到了！」

因為我幾乎已百分之百確定，此地就是傳說中的巫師島。唯有統領美非巫術世界的巫王，才會有這種法力，令這座小島，絲毫不受暴風雨的侵襲。

我之所以這麼有把握，自然是有根據的。在有關巫術的眾多文獻中，都提到求雨和止雨是古代巫師的重要職責。甚至有些地區的巫師，還擁有「止水」的法力。例如有不少學者指出，所謂的大禹治水，其實是一位名叫禹的大巫師，利用高強的法力，制止了黃河的氾濫。可惜的是，大禹的巫術幾乎全部失傳，唯一留傳下來的，就是他作法時的古怪步法，也就是俗稱的「禹步」。

我隨即聯想到，傳說中的孔明借東風，也是一種改變天氣的巫術。根據《三國演義》

第四十九回的文字，明眼人都看得出來，諸葛亮設七星壇祭風的陣仗，並不符合傳統道教的儀軌，反倒很接近上古的巫術祭典。

至於巫術如何能發揮「人定勝天」的力量，學界卻眾說紛紜，毫無定論可言。或許，這是因為研究巫術的中外學者，幾乎都是人類學家或宗教學家，對於氣象學，乃至所有的自然科學，頂多只有一知半解。

然而，當我在小寶圖書館，埋首苦讀巫術文獻之際，已經開始勾勒我自己對（某些）巫術的科學解釋。

必須強調的是，當時我對於巫術，僅處於「讀萬卷書」的階段，尚未展開「行萬里路」的旅程，因此我所做的推論，完全是紙上談兵，還沒有任何實證基礎。

首先我認為，必須先承認巫術的真實存在，否則，如果僅將巫術視為類似宗教的信仰，信者有不信者無，就根本無法以科學來解釋或驗證之。

所以老實說，在我心目中，對於《金枝》這本巫術研究的經典之作，打從一開始，評價就不高。因為作者單純以文化人類學的角度，將古往今來一切的巫術，都當作一種唯心的原始信仰。

因此我真正感興趣的，還是那些認定巫術真有其事的書籍。我一面研讀，一面勤做筆記，試圖將五花八門的巫術現象，做一個初步的歸納整理。

幾天之後，我就發明了自己的二分法，將所有的巫術，根據是否牽涉到神鬼（也就是俗稱的靈界），粗略分成兩大類。

牽涉到靈界的巫術（我稱之為第一類），由於太過複雜，而且和宗教牽扯不清，因此我暫且存而不論。可是，那些純粹由人力施為的第二類巫術，卻不難從自然科學的角度，提出合乎邏輯的解釋。

或許，我應該先舉一兩個例子，來說明這個二分法。比方說，所謂的招魂，就是標準的第一類巫術，至於大多數的蠱毒，則屬於第二類——我曾經說過，有不少蠱毒，本質上都是受到人工控制而延緩發作的細菌。

當然，也有些巫術一時難以歸類，必須進行深入研究才可能有定論。例如我兒時親眼見識的五鬼搬運，其中的「五鬼」到底是名詞還是形容詞，就頗為耐人尋味。

至於改變氣候的巫術，我則斬釘截鐵，將之歸為第二類。雖然在求雨或止雨的祭典中，巫師似乎難免要和神鬼打交道，但在我看來，骨子裡並不是那麼回事。

然而，這絕不代表，我否認神鬼或靈界的存在，只是我並不相信，靈界的力量能夠控制凡間的天氣。我堅決認為，所有和控制氣候有關的巫術，都是人力施為的結果。

至於人力如何達成這種奇蹟，當時的我，認為其實不難解釋。因為在我看來，無論以何種方式控制或改變氣候，都並不違背物理定律，換句話說，並不是所謂的超自然現象。

就物理學而言，天氣的各種變化，都是大氣中的能量——主要是熱量——搬有運無的結果。所謂的搬有運無，用最簡單的方式來說，就是熱量會自然而然，從高溫處流向低溫處。

可是，如果有外力介入，熱量就有可能逆向流動，從低溫處流向高溫處，冷氣機就是最好的例子。這就代表，無論熱量怎麼流動，只要服從能量不滅，就並不違反物理定律。

因此，若能控制大氣中的熱量流動，原則上就能控制各種尺度的氣候。只不過人類的科技，目前為止，還無法精準做到這一點。

話又說回來，科技做不到，並不代表沒有別的方法能做到。如今在我眼前，就有個現成的例子，事實上，這也是我親眼目睹的第一個例子。我稍微動了動腦筋，就想到了巫王是如何做到的。

在氣象學上，無論烏雲密佈或狂風暴雨，都是低氣壓所導致的結果。所以，只要能在這座小島上空，製造一個局部高氣壓，自然能將惡劣的天氣，盡數阻擋在外。

至於要如何將空氣冷卻，以製造高氣壓，最現成的答案，就是將熱量導入小島的地底。只要徐徐從空氣中，不斷抽取少量的熱，就能讓這座小島，永遠沐浴在陽光下。

當然，我一時還參不透，巫王（以及古今中外所有的巫師）如何能控制熱量的流動，但是我的理論，至少已能在某個層面上，解釋巫術控制氣候之謎。我並不是科學家，理論的細節部分，自然不是我的責任。

想到這裡，我感到頗為得意。於是我邁開腳步，打算沿著沙灘，環島一周，對這座小島，做進一步的認識。

由於沙灘有點坡度，我自然而然，朝下坡方向走去。巫師島果真沒有多大，我走了大半個鐘頭，已經繞了一整圈，回到了出發點。雖然沿途景色都差不多，但只有這裡，才有我所棄置的十幾個椰子殼。

可是這時，我突然有一種模模糊糊的感覺，好像哪裡有點不對勁。

不久之後，我就想通了。我剛才的「環島之旅」，一路都在走下坡路，所以絕對沒有可能，已經回到原點！

難道是有人將這些椰子殼，移動了位置，意圖愚弄我？我連忙抬起頭，向身旁的椰子樹望去，一眼就看到，樹上有幾處新鮮的傷痕，顯然是我的「飛刀」造成的。

這究竟是怎麼回事？難道連一棵高達十幾公尺的椰子樹，都能在短時間內，被移到了小島的另一角？

我百思不得其解，只好暫時拋開這個問題，繼續向前走去，並仔細測量時間。結果，又走了四十幾分鐘的下坡路之後，我再度回到這裡（或者應該說，再度看到了那棵椰子樹）。

但這次我並未停下來思考，立刻轉了一百八十度，向反方向走去。這回，果然一路都是上坡，我大約走了五十分鐘，不出所料，又回到了那個「出發點」。

我頹然地坐下來，一面把玩那些椰子殼，一面尋思：究竟是什麼樣的巫術，能讓一座小島的地形，出現這種違背常理的結構？

當我正在胡思亂想之際，遠處的沙灘上，突然出現一隻龐然大物！

我雖然一眼就認出來，那究竟是什麼動物，可是一時之間，我的大腦根本無法相信我的眼睛。

我竟然看到了一隻史前恐龍，更精確地說，是一隻食肉的堅爪龍。牠的體型，只比電影中常見的暴龍略遜一籌，可是根據古生物學家的研究，其兇猛很可能尤有過之。

巫師島果然名不虛傳，真是個無奇不有的世界！

我倒抽了一口氣，不敢移動半步，因為我直覺地感到，那隻堅爪龍，是衝著我來的。莫非是我身上的氣味，撩起了牠的食慾？牠多久沒有飽餐一頓了？

我根據目測估計，如今那隻堅爪龍，和我的距離約有一百公尺，如果我立刻轉頭，衝向海中，至少有八成的逃生機會。因為據我所知，這種恐龍雖然動作迅速（很可能是溫血動物），好在並不會游泳。

可是我轉念一想，巫術世界的一切，都不能以常理度之。萬一牠雖然不會游泳，卻生有一對翅膀（我甚至想到搞不好會噴火），那麼牠只要居高臨下向我俯衝，我勢必無所遁逃！

於是我繼續留在原地，只是用最緩慢的動作，抽出彈簧刀。雖然我心知肚明，這是毫無意義的舉動，但是一刀在手，還是多了一絲安全感。

這個時候，那隻堅爪龍，果然緩緩向我走來。我目不轉睛地望著牠，同時苦思自救之道，不料想來想去，腦袋仍是一片空白。

不到半分鐘，牠已走了約有三十公尺。這個時候，我突然覺得，牠似乎並沒有我原先想像中那麼巨大。

但我趕緊提醒自己，這或許只是一種錯覺，我絕不能掉以輕心。

又過了一會兒，那隻堅爪龍又走了三分之一的距離，可是我的「錯覺」卻更加強烈。感覺上，牠簡直是一隻剛孵化的幼龍。

這時我有點糊塗了，不敢說我現在的感覺，到底是不是一種錯覺。我開始懷疑，難道是這隻幼龍突然出現之際，由於距離太遠，我一時看花了眼？如果真是這樣，那就是虛驚一場了。這種體型的幼龍，我自問還對付得了，有膽就放馬過來吧！

我正在這樣想的時候，牠繼續向我走了過來。可是，最後三十公尺的直線距離，牠走得十分緩慢，彷彿有點猶豫不決的味道。

與此同時，我吃驚的程度，則是節節上升。等到牠終於走到我面前，我竟然僵在原地，只能張大嘴巴，呼哧呼哧拚命喘氣。

或許大家已經猜到，在此期間，那隻堅爪龍的形體，繼續不斷縮小。可是，想必誰也不會相信，真正來到我面前的，根本不是什麼堅爪龍，而是一隻幾寸長的尋常蜥蜴！

這難道也是一種巫術嗎？或者從頭到尾，純粹是我的錯覺？

我立刻想到，心理學上有許多「視錯覺」的實驗。例如兩條線段，明明一樣長短，可是由於不同背景的襯托，會令人覺得長度差異極大。這種實驗極其普遍，想必大家都不陌生。

心理學家早就知道，這種所謂的視錯覺，是由於人腦在處理視覺訊號時，用了一些取巧的捷徑，所導致的內在錯誤。因此之故，任何人都無法藉由理性思考，來矯正或修正這些視錯覺的誤差。

和視覺有關的各種藝術，從繪畫、雕刻到建築，都充分利用了視錯覺，以達成某些特殊效果。這種手法，在第八藝術中也屢見不鮮，據我所知，有些銀幕上看來魁梧壯碩的硬漢，本人其實又瘦又小，令人不忍卒睹。

我隨即聯想到，這座小島的地形，之所以那麼詭異，想必也和視錯覺脫離不了關係。換句話說，我剛才覺得自己在上坡和下坡，其實只是我的大腦和雙腳，受到視錯覺的誤導而已。

話說回來，要我相信剛才這番奇異經歷，從頭到尾都只是一種錯覺，我卻絕對無法接受。既然這裡是巫師島，我相信，多少有巫術作用摻雜其間。

當我正在思考這個問題之際，那隻蜥蜴不斷在我周圍繞圈子，動作可愛之極。這令我突然想到，我在海上漂流的時候，那頭虎鯊也曾有過類似的行為。

這時，我終於恍然大悟！那頭虎鯊之所以救我一命，並不是什麼奇蹟，很可能也是巫術的作用！換句話說，其實是巫師島上的巫王，派牠來救我的。

如今這隻蜥蜴，或許也負有類似的任務，是巫王派來接引我的。不過話說回來，目前為止，一切都只是我一廂情願的推測而已。

奇怪的是，這隻蜥蜴似乎極通人性，就在這個時候，牠以實際的行動，證明我並不是空歡喜一場。

牠不再圍著我繞圈子，突然堅定地向我迎面爬來。就一隻只有幾寸長（還包括尾巴）的蜥蜴而言，這項行動需要很大的勇氣，因為只要我一抬腳，牠就會瞬間變成標本。

但我當然不會那麼做，我一動不動，靜觀其變。

牠先爬上我的右腳，隨即又爬到左腳，緊接著，做了一個迴轉，開始離我遠去。

我即使只有一半的智商，也猜得出牠的動作，代表什麼意思。可是，在我準備出發之際，我卻突然猶豫起來。

因為我想到，如果跟著這隻蜥蜴，一路向前走去，會不會走著走著，牠又越變越大，等到走了一百公尺之後，在我前面當嚮導的，已不再是蜥蜴，而是一隻巨大的堅爪龍？

但我隨即推翻了這個可笑的想法，邁開腳步，跟在這隻頗有靈性的小蜥蜴後面，慢慢向前走去。

⑤

第五章

沙漠

小蜥蜴踩著不疾不徐的步伐，向島內走去，我亦步亦趨跟在後面，雖說心中已經有了底，仍不敢有絲毫懈怠。這座小島，在巫術主宰下，不知還有多少古怪！

走著走著，我突然有個可笑的想法，自己很像童話中的愛麗絲，尾隨著一隻動物，前往不可測的奇幻境界。話說回來，如果帶路的真是一隻兔子，感覺上可就更滑稽了。

之前提到過，這座小島除了海灘，幾乎都是綠油油的一片。所以我才走了幾步，就進入了標準的海島叢林。

走了將近一刻鐘，前方竟出現一座光禿禿的土丘，在一片綠色背景中，顯得分外突兀。我不禁想到，是否由於某種巫術的作用，才使得這座小小的山丘，成了不毛之地？如果真是這樣，又是為什麼呢？

但無論如何，既然我的嚮導，毫不猶豫地將我帶到這裡，我相信接下來，自然是爬上這座土丘。

可是就在這個時候，走在我前面的小蜥蜴，突然在我眼前消失了。我不禁怔了一怔，隨即猛揉眼睛，想要確定是不是我自己眼花。難道，這又是巫術的作用嗎？

但我隨即想到另一個答案，趕緊彎下腰來，四下尋找。只要我能找到一個小洞，就能證明蜥蜴的消失，和巫術毫無關係！

可是，這座土丘附近，雖然寸草不生，視野良好，但無論我怎麼找，也找不到地上有任何孔洞。

我仍舊不死心，索性蹲下來，伸出雙手胡亂摸索。因為我又想到，或許那隻蜥蜴鑽入地洞之後，將洞中的泥土向上踢，以致遮蓋了洞口。據我所知，很多會鑽洞的動物，都有這種自衛的本能。

不料我蹲下不久，就感到一陣天旋地轉。這種感覺，對我而言並不陌生，我立刻明白，一定是心蠱又要發作了！

我下意識地想要摸出手銬，這才想到，那副定時手銬，早已沉沒海底。事實上，就算我將之帶在身旁，此時此地，恐怕也派不上什麼用場。

我好不容易來到了巫師島，眼看就要見到巫王，偏偏心蠱又突然發作。萬一我在心神喪失的情況下，誤觸了島上的巫術禁制，問題可就嚴重了！

我正在這麼想的時候，忽然感到渾身上下，裡裡外外，都出現一種古怪的感覺。

我曾經提到過，每次心蠱發作，都會讓我嘗遍各種痛苦。可是，如今這種感覺，雖然也絕不好受，卻是陌生之極。

我忍不住想呻吟一聲，雖說這樣做，根本於事無補，但是心理上，多少能獲得一點舒緩。

沒想到我張大嘴巴，竟發不出任何聲音來。這時我才發覺，我的舌頭乾燥無比，像是被徹底風乾了一樣，而我的喉嚨，也像是剛吞下一團火。

直到這個時候，我才終於明白，這種古怪莫名的痛苦感覺，到底代表什麼意義。

在極短時間之內，我陷入嚴重的脫水狀態，全身每一個細胞，彷彿都在一瞬間，被榨乾了所有的水分！

由於這種脫水現象，來得太猛太烈，以致一時之間，我甚至來不及覺得口渴。這時，我明白了是怎麼回事，腦海中立即浮現一個誘人的畫面——一排高聳的椰子樹，上面長滿一顆顆豐美的椰子。

我毫不猶豫，立刻向後轉，打算拔腿飛奔，一口氣衝到海邊。

可是我才跑了兩步，便硬生生煞住了腳步。因為放眼望去，四周都是無盡的黃沙，哪來的海邊，哪來的什麼椰子樹？

原來這次的幻象，竟然將我帶到了沙漠！好在，這次我並沒有完全失去神智，我清清楚楚記得，歷經千難萬難，終於來到了巫師島，甚至已經見到巫王派出的「使者」。

我趕緊就地坐下，閉上眼睛，在心中告訴自己，一切只是幻象和幻覺，等一下張開眼睛，我又會回到原來的巫師島。

我以無比的意志力，堅定了自己的信心，才終於緩緩睜開眼睛。

不料出現在我眼前的，竟然是個陌生中透著熟悉的面孔，我努力搜尋過去的記憶，終於想到了他到底是誰。

他是我的老朋友王俊，一位極為傑出的水利工程師。可是，他怎麼會在這個時候，出現在我眼前？看來，幻象不但沒有消失，反倒更加嚴重了！

我忍不住伸出手，摸摸他究竟是不是幻影。王俊卻搶先抓住我的肩膀，一面用力搖晃，一面叫道：「衛斯理，醒一醒，千萬別再昏過去了！」

我勉強用既乾又啞的喉嚨，發出微弱的聲音：「這到底是怎麼回事？」

王俊毫不猶豫地答道：「你揹著我，走了好長一段路，結果我的體力剛恢復，你卻突然倒下了。」

我仍舊一頭霧水，又重複了一句：「這到底是怎麼回事？」

王俊看來有點急了，比手畫腳道：「昨天在飛機上，羅蒙諾教授逼著我們跳傘，要我們在這片沙漠中，慢慢死去！」

聽到羅蒙諾這個名字，我才總算有點明白了。這個羅蒙諾，表面上是一位知名數學教授，骨子裡卻是天字第一號職業殺手，他和「冷血勃拉克」是一對搭檔，曾經犯下許多震驚國際的謀殺案。

不過，早在近兩年前，我就手刃了這個天字第一號殺手（那是一場驚心動魄的惡鬥，其凶險程度，在我一生經歷中，絕對排前三名），所以說，如今的幻象，將我帶回到了兩年前？

想到這裡，我終於整個記起來了。當初，王俊的弟弟王彥和弟媳燕芬，受到透明光的照射，雙雙變作透明人，我為了替兩人尋找解藥，從香港遠赴埃及，結果在搭乘小飛機，飛往一座古廟途中，我和王俊被迫跳傘，兩人差點死在沙漠中。

這項九死一生的經歷，深深烙印在我的記憶中，因此，今天心蠱發作，令我突然全身脫水（或許只是一種錯覺），我便自然而然，記起這樁不愉快的回憶，產生了如今的幻象。

我的心情輕鬆了許多，既然只是幻象，只要我意志堅定，遲早總會醒來的。

可是就在這個時候，王俊伸出右手，五指張開，在我面前晃了晃，道：「衛斯理，你可別再失神。剛才你滿口胡言亂語，我差點以為你發瘋了。」

雖然明知他是幻影，我仍不勝其擾，隨口反駁道：「我哪有胡言亂語？」

王俊皺了皺眉頭，答道：「你翻來覆去，叫著幾個女子的名字，沒有一個是我認識的。你又說絕對不向命運低頭，要走遍天涯海角，尋訪法力高強的巫師，替你解除什麼魔咒，好讓你和其中一名女子，從此過著幸福快樂的日子。」

聽到這裡，我也不禁皺起了眉頭，追問道：「我還說了些什麼？」

王俊側頭想了想：「你在清醒之前，忽然哈哈大笑，使勁喊道：『ＥＵＲＥＫＡ！ＥＵＲＥＫＡ！』接著，好像又說了一句：『原來這裡就是巫師島。』」

聽到王俊這麼說，我打心底冒出一股涼意。因為，我開始有點分不清，何者為真，何者是幻！

我原本十分確定，自己是在巫師島上，由於心蠱發作，因而心生幻象，以為自己回到兩年前的沙漠中。

可是如今看來，也有可能此時此地，才是真實的世界。換句話說，我自以為時間已經過了兩年，其實只是我剛才意識不清，所產生的種種幻覺。

雖然有點匪夷所思，卻不能排除這個可能性，否則，也不會有「黃粱一夢」這個典故了。

我默想了一下，如果真是這樣，那麼目前為止，《透明光》這個事件將如何了結，都還在未定之天（我當然尚未手刃羅蒙諾，而且恰恰相反，如今他正佔了上風）。所以說，我自以為其後兩年間所發生的每一件事，包括邂逅白素在內，其實只是一場幻夢？

不太可能吧，我得好好想一想！我不顧王俊的催促，坐在原地，陷入沉思。

好在最近兩三年，我養成了一個好習慣，對於釐清此時的思緒，有著極大的幫助。那就是，我開始持續地記述自己的離奇經歷，並從今年三月十一日起，正式在《明報》副刊連載，所發表的第一個故事，正是以明玫為女主角的《鑽石花》。

且說我從來沒有寫日記的習慣，不過，在經歷一件奇怪的事件之後，我總是會將經過記述下來，並且列出疑點。

定居香港後不久，在一個偶然的聚會裡，我認識了幾位藝文界人士。一夕長談，我便決定將這些札記，好好整理一番，在報紙上陸續發表。

我之所以這樣做，其實有幾個原因。最重要的一點，我的兩組童年記憶，一直是我心中揮不去的陰影，我常常擔心，搞不好哪一天，我對於十歲以後的種種記憶，也會突然出現雙胞案。因此我想到，若能趁著記憶猶新之際，將重要經歷一件件記錄下來，然後公開發表，將來若有第二組記憶冒出來（甚至第一組記憶無端消失），就不難判斷何者為真，何者是假。

另一個原因，是我似乎和稀奇古怪的事物，一直有著不解之緣。甚至有朋友開玩笑說，衛斯理從小就是看怪事長大的。然而，幾十年前的華人社會，風氣要比如今保守得多，所以除了十分熟稔的朋友，我很少對其他人，講述我的真實經歷，以免被人指指點點，說我妖言惑眾，平白惹來一肚子閒氣。

可是我又覺得，身為人類的一份子，我有義務將親眼目睹和親身經歷的古怪事蹟，一一公諸於世，以免人類始終坐井觀天而不自知，還對如今這點科學成就沾沾自喜。因此，我決定採用折衷方式，將我的一樁又一樁奇遇，以故事體的形式發表。這樣一來，明眼人自然看得出其中的真實成分，其他人拿來當小說看，也無傷大雅。

當然還有一些次要的理由，例如我可藉由逐日連載的壓力，催促自己儘快整理最近的經歷，否則像我這樣成天「無事忙」，很容易耽誤了記述一件經歷的黃金時間。而時間拖得越久，記憶就越容易扭曲，則是我早就明白的道理。

如今撰寫回憶錄，我回顧過去四十餘年來，所發表的一百四十幾個故事，也不禁對自己四十年如一日的毅力，感到十分佩服。

話說回來，我所發表的這些故事，居然引起十分廣大的回響，仍舊令我感到始料未及。但也正因為如此，在許多華人讀者心目中，衛斯理的身份，就是一位（成功的）幻想小說作家。

舉例而言，曾有不少讀者來信或當面問我，這些故事究竟是真是假？我總是故作神秘地說，這其實是根本不必回答的一個問題。此外還有不少讀者向我表示，我所寫的小說，想像力太豐富，脫離現實太遠，令我不禁啼笑皆非。

不過，當年在巫師島上，我自然還不知道其後幾十年的發展。甚至，在那個真幻難分的情境中，我幾乎快要相信，《透明光》這個事件，才是現在進行式。

偏偏當時的我，又對其後兩年的發展，有著清晰的記憶。我明明記得，在我展開「移心之旅」之際，《鑽石花》雖然尚未連載完畢，但我已經完成了七八個故事的手稿。

我隨即在心中，將這些手稿，依據時間順序，很快默數了一下：

一、《鑽石花》

二、《藍血人》

三、《透明光》

四、《地心洪爐》

五、《蜂雲》

六、《地底奇人》

七、《妖火》

必須強調的是，我所謂的時間順序，是指真實事件發生的先後順序，但不一定是我寫作這些故事的順序，更不是發表這些故事的順序。

事實上，我在寫完《妖火》這個故事之後，還將我剛出道的一個小小經歷，整理成一部中篇小說《奇玉》，連同其他手稿，一起交給《明報》編輯部，這才安心地前往歐洲，尋訪移除心蠱的西方巫術。

我當時的想法是，此番遠行，不知何年何月才能歸來，為了避免報紙開天窗，當然要預先儲備足夠的存稿。

不過，我在定稿之際，故意將這幾個故事的順序，做了一番調整。我還特別交代編輯部，在《鑽石花》連載完畢之後，緊接著刊登《地底奇人》和《妖火》，然後再回過頭來，連載其他四個故事。

如今撰寫回憶錄，我必須坦白承認，當初之所以這樣做，純粹是我自己心虛。誠如之前提到過的，我在認識白素之初，刻意隱瞞了心蠱這回事，所以這趟移心之旅，當然也得秘密進行。因此我突發奇想，利用《藍血人》、《透明光》、《地心洪爐》和《蜂雲》，來填補這段空白的歲月。

可是，由於這些事件，彼此間有著千絲萬縷的關聯，幾乎牽一髮而動全身，所以我在寫作過程中，雖然做了不少藝術加工，漏洞仍在所難免。因此，過去幾十年來，引發了不少讀者的討論和考據。

其中令我印象最深刻的，是有一位忠實讀者，竟然數十年如一日，將我在《明報》上連載的小說，每天剪下來，貼在一本本的剪報簿上。當我和這位讀者第一次見面的時候，他掏出其中一本剪報簿（我立刻感動之極），問了一個令我為之語塞的問題。

這位讀者一本正經道：「《妖火》中提到，白素和白老大去了歐洲，可是接下來的四個故事，竟然完全沒有白素的音訊，彷彿衛斯理已將白素拋到九霄雲外，又恢復了單身身份。更可惡的是，在《蜂雲》這個故事中，衛斯理竟然搭訕一位美麗的女助理，還強調『小生尚未娶妻』。」

這個問題的答案，其實簡單之極，我和白素相識相戀，都是《地底奇人》這個故事中的經過。所以，發生在《地底奇人》之前的四個故事，當然找不到白素的影子。

不過當時，我只是對這位忠實讀者搖了搖頭，笑而不答。這雖然已是幾十年前的往事，但我始終耿耿於懷，如今，總算能藉著撰寫回憶錄的機會，做個一清二楚的交代，了卻這樁心願。

回到正題。當我在心中，將這七八個故事默數了一遍之後，我立刻尋思，有沒有任何證據，能夠證明《透明光》之後的故事，的確是我的真實經歷，而不是剛才的黃粱一夢。

我隨即在身上摸了摸，摸到了那把彈簧刀。之前提到過，我曾經用這把刀，在南極宰殺了一頭北極熊，而我清楚記得，那是《地心洪爐》這個事件中的一段插曲。

可是，除非我能從彈簧刀上，驗出北極熊的血漬，否則這把刀，無法當作任何證據。

接著我又想到，白素赴歐之前，曾留給我一張紙條，這大半年來，我一直將之帶在身邊，幾乎每天晚上，都會掏出來，將二十六個娟秀的字跡，看了又看，以聊慰相思。

想到這裡，我連忙掏了掏胸前的口袋，不料裡面什麼也沒有，令我大吃一驚！

但我轉念一想，這並不能代表那張紙條不存在，更不能代表白素不存在，或許只是我在海中漂流多時，將之泡成了紙漿。

事實上，不只那張紙條，我身上所有的細軟，幾乎都在船難中遺失了。我心中打了一個突，趕緊摸了摸腰際，這才鬆了一口氣。

我的內衣在腰際部分，有個特製的小口袋，用來存放一份極其重要的證件。好在這份證件，用百分之百防水的質料製成，因此依然完好。

凡是我的老朋友，一定已經想到，我鄭而重之貼肉收藏的，正是國際刑警總部發給我的特種證件。當時，這種證件在全世界，僅僅發出十張而已，持有這種證件的人，可以在承認國際刑警的國家中，享有許多特殊的權利，非但行動不受當地警方干涉，而且還會得到協助。因為在這份證件裡面，有七十幾個國家的警察首長簽名，證明我的行動，無論在任何情形下，都是對社會治安有利的。

當年，多虧「國際刑警遠東總監」納爾遜背書，我才能得到這份珍貴之極的金色證件。我還記得，他將證件交給我的時候，曾半開玩笑道：「如果你利用這份證件來走私，那麼一個月之內，世界首富就非你莫屬了。」

令人遺憾的是，納爾遜在不久之後，就被來自土星的無形飛魔侵入腦部，英勇殉職了。不過，這些都是《藍血人》裡面的事蹟，而根據我的記憶，《藍血人》發生在《透明光》之前，因此這份特種證件，同樣不能當作證據。

可是我全身上下，真的再也摸不到任何東西了。

我仍不願輕易放棄，索性一不做二不休，不顧如今置身於炎熱的沙漠，將身上的衣物，一件件脫了下來。站在一旁的王俊，看得目定口呆，卻也不敢上前阻攔。

我原本打算，將這身衣褲，攤在沙地上，再仔細檢視一番，但我還沒有真正這樣做，心中已經靈光一閃。

我找到了！找到了不容置疑的鐵證！

我在自己的左肩鎖骨附近，找到了一處疤痕。

我指著這個傷疤，衝著王俊大聲道：「你看，你自己看，這是什麼？」

王俊不太有把握地道：「好像是槍傷的疤痕。」

我以咄咄逼人的口吻，一口氣道：「我記得清清楚楚，這是『海底城』的爪牙，在張海龍的別墅，對我放的暗槍！這件事情，發生在一兩年後，這就證明——」

王俊遲遲疑疑地道：「證明什麼？」

我大喝一聲：「證明你只是幻影！」

雖然這時我已經確定，周遭的一切，都是幻影和幻象，可是接下來的變故，仍令我不敢相信自己的眼睛。

隨著我這聲暴喝，王俊突然像是紙紮的風箏，被一陣狂風，吹到了天上，轉眼便成了一個小黑點。

直到這個小黑點，消失得無影無蹤，我才終於收回視線。但我剛才一直仰著頭，所以在收回視線的時候，必然有個恢復平視的過程。

就在這個時候，我瞥見遠方，出現一點不同於黃沙的顏色！下一瞬間，我心中同時冒出兩個聲音，一個是「海市蜃樓」，另一個則是「沙漠綠洲」。

我還來不及細想，雙腿已經用最快的速度，朝那個方向奔去。

⑥

第六章

綠洲

◉

如果我的神智，百分之百清醒，這時一定會想到，我所看到的，既不是海市蜃樓，也不是沙漠綠洲。

嚴格說來，無論我看到任何東西，都只是幻影而已，因為目前，我仍深陷在心蠱發作所造成的幻象中。

可是這時，口渴的感覺（縱然只是錯覺）令我無法做出理智判斷，我明明知道，自己尚未脫離幻象，仍舊身不由己，拚命向前衝去。

根據我的估計，那塊「綠洲」和我的距離，少說也有一公里。可是我剛邁開腳步，就覺得距離正在迅速拉近，彷彿不只是我奔向那塊綠洲，它也同時向我迎面飛來。

或者，還有另一個解釋，就是這片沙漠的面積，突然間縮小了！我不禁聯想到，中國傳統法術中，有所謂的「縮地成寸術」，難道……

但我立時推翻了這個想法，我提醒自己，一切都只是幻覺罷了。

總之，不過幾秒鐘的時間，我已走進綠洲之中。我急不及待，一頭栽進綠洲中央的水塘，咕嚕咕嚕牛飲起來。

我喝了三大口之後，大腦才從舌頭、嘴巴和食道，接收到了不大對勁的訊號，又過了兩三秒鐘，才將這串神經訊號，解讀成了理性的思維。

原來我喝下的，竟然不是水！不，應該說，我剛剛喝下的，是幾大口又鹹又苦的海水！我痛苦地雙手掐著喉嚨，想要將那些海水擠出來，可是當然徒勞無功。

這簡直是一場永遠醒不過來的惡夢！我甚至開始懷疑，此時真正的我，仍舊在海上昏迷不醒？

過去，每當心蠱發作，我同樣會喪失心智，會產生光怪陸離的幻象，可是從來沒有一次，像今天這般詭異。

比方說，心蠱上次發作時，我自以為見到了死神和石菊，完全沒有懷疑那只是幻象，可是在緊要關頭，我就清醒過來，而在清醒之後，我便能將真和幻，分得一清二楚。

然而這一次，情況卻完全不同。這一次，打從一開始，我就明白自己進入了幻象，可是一次又一次，始終無法真正清醒。

難道是心蠱惡化到了另一個階段？難道我已經不久於人世？或者，我的肉體根本已經死亡，是我的靈魂在繼續受折磨？

我胡思亂想了好一陣子，各種匪夷所思的念頭紛紛出籠。突然間，其中一個念頭，吸引了我自己的注意。

有沒有可能，剛才這一連串荒謬的經歷，並非心蠱所造成的？

嗯，的確有此可能。這座小小的巫師島，處處透著詭異，處處不可以常理度之，或許我在無意間，觸犯了什麼禁忌，或誤闖了什麼禁制，以致陷入這種似真實幻的迷離境界，吃了不少苦頭。

我沿著這條思路想下去，越想越覺得有道理，不久之後，我就自認完全想通了。

我根本不是心蠱發作，而是由於巫術的作用，將我轉移到一個撲朔迷離的空間。

這時，我突然注意到，面前這個水塘，雖然沒有多大（頂多標準泳池的一半），可是中央部分，還有一塊小小的乾地，活脫一座袖珍島嶼。而且，這座袖珍島嶼的形狀，還令我有似曾相識的感覺。

我很快便想了起來，巫師島上空的天窗，便是同樣的輪廓，而根據我的推測，這也正是巫師島的形狀。

難道這是巫師島的模型？我的好奇心猛然高漲，立刻趴在岸邊，極目眺望那座小島。

我剛抵達巫師島的時候，曾經沿著沙灘，繞了整整三圈，對於巫師島的地形，已大致有了概念。這時，我向水塘中的小島望去，果然越看越像一座具體而微的巫師島，不禁令我嘖嘖稱奇。

這座袖珍島嶼，上面也幾乎長滿綠油油的植物，唯獨中央部分，有個隆起的土堆，是光禿禿的一片。這時我突發奇想，在那個土堆上，會不會有一隻袖珍恐龍？

為了看得更仔細，我在水塘邊站了起來，並以手遮陽，以免陽光干擾了我的視線。

結果，我並沒有看到任何恐龍或蜥蜴，卻看到了令我意想不到的生物。

我看到一個身高不過幾寸的人，站在袖珍島嶼的沙灘上，同樣以手遮陽，向我這邊望來。

我定睛一看，這個人我絕不陌生，因為正是我自己！

我竟然看到了自己！

事實上，在日常生活中，任何人幾乎天天都會看到自己。只要站在一面鏡子之前，和你面對面的人，自然就是你自己。

可是，我此時的情形，卻大不相同。在巫術作用下，我來到一處真幻難分的沙漠，然後在其中意外發現一塊綠洲，又在綠洲中央的水塘裡，發現一座袖珍島嶼，最後，在這座

「麻雀雖小，五臟俱全」的小島上，我竟然看到一個精靈般大小的衛斯理！

情急之下，我不及多想，便舉起右臂，對「我自己」猛力揮手。沒想到，與此同時，袖珍島嶼上的那個衛斯理，也做出了同樣的動作，彷彿他的確是個鏡中影像。

為了證實這一點，我迅速變換了好幾個動作，甚至擺出兩個高難度的武功架式，終於確定那個「我」並非真人，只是我自己的鏡像而已。

換句話說，此時此刻，我所面對的，是一面古怪之極的鏡子。這面鏡子，能將位於沙漠綠洲中的我，映入一座袖珍島嶼中。

我隨即推想，如果真是這樣，那麼這面鏡子的位置，應該在綠洲的水塘裡。

但如果這個假設成立，那麼除了我自己，整個綠洲也會投影到袖珍島嶼中才對。想到這裡，我突然驚覺，這塊綠洲中的一草一木，似乎很像熱帶島嶼上的植物。

我的思緒開始加速奔騰，立即又想到，這整片沙漠，和袖珍島嶼中央那座土堆，也有可能是鏡裡鏡外的關係。

或許這樣說，跳得太快了一點，所以，讓我將剛剛的推想，再好好整理一次。

如果這個水塘中，有一面古怪的鏡子，那麼鏡裡鏡外的事物，彼此就有一種對應關係。目前我所想到的對應，至少有下列三點：

一、站在水塘邊的我，對應袖珍島嶼沙灘上的那個「我」。

二、綠洲中的草木，對應佈滿袖珍島嶼的所有植物。

三、綠洲外面廣大的沙漠，對應袖珍島嶼中央的土堆。

列出這三點之後，我終於想通了！這面古怪透頂的「哈哈鏡」，竟然能將巫師島上的一切，從裡到外整個翻轉，投影出一個乍看之下完全不同的虛像。換句話說，沙漠和綠洲，才是投影出來的虛像，而我在不知不覺間，竟然進入了虛像所構成的幻境。

可是這時，我忽然又覺得，自己的推理，好像有什麼不太對勁的地方，偏偏一時之間，又找不出具體答案。於是，我決定將剛才發現的對應關係，用另一種方式，重新整理一遍，希望這樣一來，能有新的發現。

一、巫師島中央的土丘，投影成這個幻境中的沙漠。

二、巫師島的叢林，投影成這個幻境中的綠洲植物。

三、站在巫師島海灘上的我，投影成這個幻境中的我……

想到這裡，我終於發現問題出在哪裡了！

問題出在我太主觀，一直認為周遭雖然都是幻象，我自己仍舊是真實的。可是，難道沒有可能，就連我自己，也是投影出來的虛像，那個站在巫師島海灘上的，才是真實的我？

果真如此，那個「真實的我」，如今會看到什麼景象呢？

我想他一定會看到，巫師島周圍海域，被一大圈陸地圍繞，陸地近海處長滿巨大的植物，植物前方站著一個巨人——他自己的投影——也就是此地的我。

想著想著，這幅畫面逐漸在我腦海中成形，彷彿我眼前，真的出現一排巨大無比的植物，以及一個和我自己長得一模一樣的巨人。

這個巨人，一臉茫然疑惑的表情，而我相信，此時的我，臉上也是同樣的表情。因為，他就是我，我就是他。

我懂了！我悟了！

自始至終，我都沒有離開過巫師島，更沒有進入什麼迷離幻境。只是我的大腦，突然產生混亂，將土丘解讀成了沙漠，於是接下來，一連串的幻象，就順理成章發生了。

可是，巫王為何要對我施這樣的巫術？

我僵立在巫師島的海灘，怔了好一陣子，仍舊百思不得其解。

剛才那些巨大的投影，此時早已消失無蹤。放眼望去，巫師島周圍，仍是猛烈的狂風暴雨，只有天窗之下這個範圍，沐浴在昏黃的陽光下。

沒錯，這時已是夕陽西下時分。巫王雖然能令巫師島終日晴朗，甚至四季如春，可是他的法力，仍無法左右日月星辰的運行，令此地二十四小時陽光普照。

所以說，巫術雖然神秘莫測，卻無論如何不是萬能。我不禁有些擔心，巫王是否真有辦法對付我的心蠱？

不知不覺間，睏倦的感覺，鋪天蓋地而來，令我再也招架不住。不過在闔眼之前，我還不忘告誡自己，雖然又過了一關，可是等在前面的，仍舊不知是吉是凶，我的警覺絕對不能鬆懈。

這番自我告誡，想必在我的潛意識中，留下深刻的印象，因此，我並沒有睡得太沉，而且不斷做著前所未有的怪夢。但由於夢境太過光怪陸離，而且和後來的發展毫無關係，所以我決定一筆帶過。

當我終於清醒的時候，陽光已經再度露臉了，換句話說，我至少睡了十二個小時。事實上，如果不是臉上一陣酥癢，我大概還不會醒來。

剛開始的時候，那陣酥癢的感覺，又令我做了一個怪夢。我夢見一隻癩蝦蟆，受到巫術的驅使，向我發動攻擊，緊緊貼在我臉上，怎麼甩也甩不掉。

更噁心的是，這隻癩蝦蟆，還伸出又黏又臭的舌頭，開始舔舐我的臉頰。凡是被牠舔過的地方，立刻傳來一陣火辣辣的疼痛，彷彿遭強酸腐蝕了一般。

當這隻癩蝦蟆的舌頭，伸向我的雙眼之際，我大叫一聲，猛然驚醒過來。不料我睜眼一看，竟然真有一隻舌頭，正在舔我的眉心！由於距離太近，我根本看不清楚，那隻舌頭究竟屬於什麼動物所有。

我正打算不顧一切，一掌擊出，竟發覺全身僵硬，無法動彈！我心頭一凜，難道這又是什麼巫術的作用？

就在這個時候，我忽然聽到一個尖銳的聲音，用英語道：「好了，伊安。」

然後，那隻舌頭才總算離開我的臉，我也才終於看清楚，伸出舌頭舔我的，並不是什麼蝦蟆精，而是一隻通體黑毛、又瘦又長的靈猩獵犬。

一時之間，我的視線聚焦在這隻獵犬身上，所以直到牠退了五六步，我才注意到牠的主人。我立刻倒抽了一口氣，暗自驚嘆，這到底是怎麼回事？

老實說，我早有心理準備，即使出現在我面前的，是個面色猙獰、三頭六臂、身上掛滿骷髏頭的巫師，我也不會多麼吃驚。

可是站在那隻獵犬旁邊的，居然是個七八歲的西方小女孩！她有著一頭美麗的金髮，一張圓嘟嘟的臉龐，一雙又大又亮的藍眼睛，穿著一件淡黃色小洋裝，光著一雙小腳丫，真是說有多可愛，就有多可愛。

我難以相信自己的眼睛，莫非這又是幻影或幻象？

我下意識想要舉起手，揉揉眼睛，這才發覺全身依舊無法動彈。可是下一瞬間，我就明顯感覺到，四肢已經能夠接受大腦的控制，我一挺身，在沙灘上站了起來。

我連忙環顧四周，發現附近除了這個小女孩，並沒有其他人。我立刻想到，或許因為那隻蜥蜴並未達成任務，所以今天，巫王改派她來當我的嚮導？

可是巫師島上，怎麼會有這樣一個明明屬於文明世界的小女孩？或者，這並非她的本來面目，只是她故意以這種模樣，出現在我面前？

我心中浮現出無數問號，簡直不知從何問起，最後我還是決定單刀直入，問道：「你是誰？這裡真是巫師島嗎？」

小女孩露出天真無邪的笑容，毫不猶豫地道：「我叫鄧肯，這裡並不是巫師島。」

我立時怔了一怔，難道從頭到尾，都是我一廂情願的一場誤會？我急忙追問：「鄧肯小姐，如果這裡不是巫師島，那麼這裡究竟是哪裡？」

這個名叫鄧肯的小女孩，並未立刻回答我的問題，卻道：「我不是鄧肯小姐，我就叫鄧肯。我和那個舞蹈家，沒有親戚關係。」

我只好順著她的話，道：「好的，好的，鄧肯，請問這裡究竟是哪裡？」

沒想到她竟然答道：「這裡就是這裡啊。」

她顯然沒聽懂我的意思，於是我又問了一遍：「我的意思是，這座小島叫什麼名字？」

鄧肯露出恍然大悟的表情：「這座小島沒有名字，所以當然不是巫師島！」

聽到這個答案，我不禁啼笑皆非，但隨即精神一振，重新燃起了希望。因為我想到，巫師島這個地名，想必只是外人對這座小島的稱呼，巫王自己或許並不認同。我隨即又想到，巫師島並不算什麼響亮的好名字，這裡應該叫「巫王島」才名副其實。可是我再轉念一想，這純粹是世俗的觀念，巫王在巫術世界，早已達到唯我獨尊的地位，哪裡還需要什麼響亮名稱，來彰顯他的駐錫之地？無論他住在哪座島上，那座島就是理所當然的巫王島（這個道理，和所謂的「空軍一號」頗為類似）。

我想通了這點之後，趕緊改變方式，繼續問下去：「別管這裡是不是巫師島了，我問你，這座島上，有沒有住著一位會巫術的，不，古裡古怪的老先生？」

鄧肯隨即堅定且誇張地搖了搖頭（至少五六秒鐘），才道：「我肯定這座島上，沒有任何古裡古怪的老先生。」

這個時候，我已經對鄧肯回答問題的方式，歸納出一個模式。她對於我的問題，似乎有問必答，絕不支吾其詞，可是她的答案，偏偏太過切題，每每令我有一拳打在棉花上的感覺。

雖然鄧肯講話的語調和模樣，相當有趣而討喜，但我此時十分心急，沒心情和她打啞謎，索性一網打盡地問道：「那麼這座島上，有沒有古裡古怪的老婆婆，或是古裡古怪的年輕人，或是看起來一點也不古怪的任何人？」

我萬萬沒想到，鄧肯竟然再次搖了搖頭，而且這次搖得更久（或許因為我一口氣問了三個問題），然後才道：「通通沒有，這座島上，就我一個人。當然啦，還有伊安——」

她指了指那隻乖乖蹲在一旁的獵犬，繼續道：「他剛來的時候，本來是個大男生，不久之後，就變成可愛的大狗狗了。」

聽到她這樣回答，我幾乎要相信，自己剛才只是從「夢中夢」醒過來，此時仍在某一層夢境中，尚未回到真實世界。

但我連忙收回天馬行空的思緒，打起十二萬分精神，面對這個神秘之極的小女孩。我實事求是地問道：「你一個人，怎麼在島上生活？」

她又露出天真的笑容，伸出雙臂，轉了一圈，這才答道：「大家都在照顧我，我的生活無憂無慮。」

我不解地追問：「大家？你剛剛不是說，島上只有你一個人？」

鄧肯換了一副嚴肅的表情：「我說的大家，是指這座島上的一切。比方說，你看——」她朝外海指了指，又道：「如果不是大家齊心協力，怎麼能夠把壞天氣趕跑，讓太陽公公天天露臉？」

聽到這裡，我雖然仍一頭霧水，但似乎又若有所悟。我隨即想到，她只是個不到十歲的小女孩，或許仍然活在童話世界，所以在她眼中，萬事萬物都擬人化了。

我決定繼續追問下去，只要問得足夠仔細，我相信一定能問個水落石出。以下，就是我和她的一連串問答。

「你住在哪裡？」

「就住在這座島上。」

「我的意思是，這座島上的哪裡？」

「我覺得哪裡舒服，就住在哪裡。」

「可是你晚上睡在哪裡呢？」

「凡是有草有樹的地方，我都睡過。」

「你住在這裡，有多久了？」我故意換了一個話題。

「三十，不，快三十一個月圓了。」這個答案雖然古怪，但我還算聽得懂。

「當初你是怎麼來的？」

「坐船來的，一艘好大的輪船。」

「你一個人坐船來的？」

「不是，大輪船上還有好多人。」

「那些人到哪裡去了？」

「都到海裡去了。」她伸手指了指海面，以稀鬆平常的口吻答道。

藉由這番問答，我心中已勾勒出一個大致輪廓。兩年半以前，鄧肯和家人（很可能是她的父母，但我有點不忍追問）搭船行經百慕達三角海域，結果那艘輪船不幸失事，全船人員罹難，只有鄧肯奇蹟般漂流到這座小島，並奇蹟般活了下來，而且活得很好。

於是我更加確定，此地絕對就是傳說中的巫師島（不管這是不是正式名稱），否則，絕不可能出現這樣的奇蹟。

緊接著我又想到，她說從未見過任何人，很可能是巫王利用巫術，令她視而不見，不然這麼小的一座島嶼，她住了兩年多，怎麼可能沒見過任何人？

由於巫王一直在暗中保護她、照顧她，所以她才會以為，是這座小島本身，在照顧她的飲食起居。想到這裡，我又問道：「肚子餓的時候，你吃些什麼？」

她竟然給了我一個意想不到的答案：「來到這裡之後，肚子從來不餓。」

我並不懷疑她的答案，只是更加肯定巫王在暗中照顧她。我又好奇地問：「難道你也不口渴嗎？」我突然想到，昨天我環島的時候，好像沒有看到任何溪流。

她瞪大眼睛，爽快地道：「當然會口渴，可是周圍都是水，我想喝多少，就喝多少。」

我驚訝不已，叫道：「你一直在喝海水？你不覺得又鹹又苦嗎？」

聽到我這樣說，她從沙灘走進水中，雙手捧成碗狀，掬了一捧水，道：「不會啊，你喝喝看，又涼又甜。」

昨天我誤吞三大口海水，噁心感至今尚未消退，可是此時此刻，我又勢必不能退卻。我只好硬著頭皮，把她的小手，捧到我嘴邊，輕輕碰了一下。沒想到，果真沒有任何海水的味道，甚至連腥味都聞不到，於是我放膽喝了一口，居然像山泉般清洌！

一定又是巫術的作用，令得這一帶的海水，自動產生淡化作用（就物理學而言，這只是簡單的逆滲透過程，要不了多少能量）。為了驗證我的理論，我也走進水中，彎下身子，將嘴巴湊近水面。結果我尚未真正碰到水，已經聞到一股腥臭味，我立刻肯定，腳下仍是如假包換的海水。

看來我的理論並不正確，並非這一帶的海水，整個變成了淡水，而是必須經過鄧肯的小手，海水才會發生淡化作用。

在我的要求下，鄧肯和我分別又試了兩三次，結果屢試不爽。每一次，我捧起的都是海水，她捧起的卻是山泉。

這就代表，鄧肯這個小女孩，本身就具有巫術！莫非巫王早已將巫術轉移到她身上，只是她從不自知？

果真如此，那麼站在我面前的鄧肯，可說是古往今來，最年輕的一位女巫了！

之前我還在納悶，這座小島上，並沒有任何溪流，如果再加上終年不雨，植物如何生長得這般欣欣向榮？小鄧肯又如何長期在此生活？

現在我終於明白了，鄧肯可以隨時隨地，令海水化為淡水，所以對她而言，這座小島，無異於汪洋大海中的綠洲！

可是一時之間，我怎麼也想不通，巫王如何神不知鬼不覺，將巫術的力量，悄悄轉移到她身上。我輕輕抓住她的小手，仔細檢視了一番，卻看不出任何異狀。而且，鄧肯的一雙手，簡直比任何貴族或富家子弟，保養得還要好，就連指甲縫裡面，也沒有任何污垢。

看到這雙手，想必誰也不會相信，她已經一個人在這裡住了兩年半！我突發奇想，她是不是今天早上，才踏上這座小島的小遊客，碰巧看到我在打盹，所以跟我開了一個玩笑。

可是理智告訴我，事實當然並非如此，一定是籠罩全島的巫術力量，在她身上起了嚴密的保護作用。我甚至想到，她身上這套小洋裝，或許也是兩年半前，她來到島上那天，就穿在身上的，雖然一直未曾換洗，卻始終如新。

想到這裡，我突然愣住了。如果真是這樣，豈不代表這段時間，她一直沒有再長高長大！因為我絕不相信，巫術能令她身上的衣服，隨著她一起成長。所以說，她的實際年齡，並不只看起來的七八歲？

可是，難道巫術真有辦法，令一個小女孩停止生長嗎？我立刻向鄧肯求證，結果我的猜測果然正確，她生於一九五三年的耶誕夜——我隨即想到，那一天，對我而言也是大日子。

看來，只要承認巫術的存在，在這座小島上，沒有不可能的事！

我開始動腦筋，設想如何從鄧肯口中，問出她對巫術究竟知道多少，不久之後，我便想到一個切入點。

這時，我和鄧肯已經回到海灘，面對面坐了下來。那隻名叫伊安的黑毛獵犬，則乖乖趴在一旁。我指著那隻狗，故意用不經意的口吻問道：「對了，你剛才說，伊安原本是個男生，後來卻變成一隻狗，這是怎麼回事？」
鄧肯一面輕撫著伊安，一面答道：「就是一下子，他就從一個男生，變成了這樣子。不過這樣子，要比他原先可愛多了。」
我追問：「那是多久以前的事？」
她隨即答道：「我剛來到這裡，還不到一個月圓。」
我又問：「那個時候，島上還有其他人嗎？」
她毫不考慮地道：「我跟你說過了，島上一直沒有其他人。伊安和我一樣，也是從海上漂來的。」
這時我心想，這個伊安（不論當時是人是狗）難道也和鄧肯一樣，是在百慕達三角遇難，而漂流到巫師島的？或者更正確地說，是巫王施展巫術，將他拯救到此地的？
我越想心中問號越多，於是接下來，我和鄧肯又做了一連串的問答。不過這一次，我打算將鄧肯的回答，整理成如下的記述，必要的時候，我會照例將自己的想法，補充在括弧中。必須強調的是，由於一切都是鄧肯的口述，我不敢保證真實性百分之百。

⑦

第七章

土丘

◉

那天上午，鄧肯照例無憂無慮地在海灘嬉戲。突然間，她看到遠方海面，出現一個小黑點，而且越來越大。不久之後，她終於看清楚，原來是一個人，「站」在海面上，逐漸向這座小島接近。（根據我的判斷，伊安或許踩在一艘獨木舟上，只是鄧肯沒有注意到。）

又過了一會兒，那人已經上了岸，大踏步向鄧肯走來。

自從來到巫師島後，鄧肯從未見過任何人，可是，她也從來不知恐懼為何物。這時也不例外，她只是感到有點好奇，這個大男生的長相和裝扮，怎麼如此奇特？（這個大男生伊安，想必是加勒比海土著，所以在鄧肯眼中，無論他的長相或裝扮，都怪異到了極點。）

然而，伊安顯然並非化外之民，他來到鄧肯面前，以相當客氣的口吻，和她講了幾句話。根據鄧肯的說法，伊安所講的，是一種完全陌生的語言，奇怪的是，她雖然一個字都聽不懂，可是聽完之後，居然明白了他的意思。

這個自稱伊安的大男生，是來找一位名叫昂庫倫庫魯的老人，要和他做一場比賽。（聽到這裡，我已經猜到了七八成。因為在西非部落的方言中，昂庫倫庫魯就相當於我所謂的巫王，而所謂的比賽，想必是伊安這位年輕的加勒比海巫師，打算來找巫王鬥法。）

鄧肯立刻告訴他，這座島上並沒有其他人。可是，鄧肯說的是英語，伊安當然完全聽不懂。兩人比手畫腳了一陣子，伊安終於放棄，繞過了鄧肯，逕自往島內走去。

鄧肯出於好奇，一直跟在他後面，伊安則似乎並不在意。不過，他走得相當快，鄧肯必須小跑步，才能勉強跟上。

說來奇怪，伊安像是對這座小島相當熟悉，踩著堅定的步伐，一路向島中央前進。不多久，他已經穿過了叢林，來到中央那塊不毛之地。

這時，伊安的腳步變得猶豫不決，甚至可說有點踉蹌，彷彿他突然喝醉了酒。（我立時想到，莫非他和我一樣，在土丘之前，見到了幻象？）

後來，他終於站定了，從身上掏出幾樣古怪東西，一一擺在寸草不生的地上。

那些古怪的東西，想必都是巫術道具，由於種類繁多，鄧肯看得眼花撩亂。令她印象最深刻的有兩樣，一個是插滿釘子的心形物體，另一個是一張又乾又癟的人臉（我曾特別追問，到底是「人臉」還是「人頭」？鄧肯以萬分肯定的口氣，選擇了前者）。

然後，伊安握著一把海龜殼做成的「扇子」，開始作起法來。沒想到，那把扇子竟能發出震天價響的怪聲，令鄧肯冷不防嚇了一大跳。（我這才明白，原來鄧肯眼中的扇子，是任何原始巫術不可或缺的道具——嘎嘎器。）

那具嘎嘎器發出的怪聲，居然越來越響亮，最後簡直有如雷鳴。這個時候，或許真的開始打雷了，只是鄧肯沒注意到，但無論如何，不久之後，豆大的雨點，便嘩啦啦落了下來。（巫師島竟然下起雨來？難道伊安破了巫王的巫術嗎？）

當時，鄧肯來到巫師島，頂多一個月，所以並不覺得這場雨有多麼怪異。不過，眼看雨勢越來越大，島中央的土丘，似乎快要被沖垮了，她也不禁有點擔心。至於為什麼擔心，她自己也說不上來。

就在這個時候，一陣怪風從天而降，不但吹跑了半空中的雨滴，還將伊安連同他的每一件法器，都吹到好一大段距離之外。

但伊安也不是省油的燈，他隨即站穩腳步，從背上解下一面盾牌，頂著強勁的風勢，再度走到土丘旁。然後，他從腰際抽出一條短鞭，開始猛力揮舞，每揮一下，短鞭的尖端，就冒出一股紫色的火花！

這些火花，似乎勾動了空中的閃電，不久之後，又下起了傾盆大雨。

可是這陣大雨，尚未真正落到地面，便被另一陣怪風，由下而上，將雨滴盡數吹散。

這陣風的力量可真大，不但吹散了雨滴，甚至將伊安手中那條短鞭，也吹到了半空之中。

伊安露出驚慌的表情，打算拔腿就跑。就在這個時候，最詭異的事情發生了！

那條被吹到半空的短鞭，扭成了一圈式樣古怪的繩結，隨即迅速落下，不偏不倚，套到了伊安的脖子上。正在狂奔逃命的伊安，立時撲倒在地，跌了個狗吃屎，逗得鄧肯哈哈大笑。

轉瞬之間，趴在地上的伊安，就變成了一隻獵犬，再也站不起來。那個打結的短鞭，則迅速收緊，最後牢牢箍在他頸際。

聽到這裡，我自然而然，向那隻獵犬望去，果然看到狗脖子上，繫著一條深棕色的古怪頸圈。我湊過去仔細一看，那頸圈的質料，似乎是某種熱帶植物的纖維——一條條的纖維，編織成複雜之極的細線，數不清的細線，再以繁複的花式編成一條繩子，而繩子本身，則沿著狗脖子，繞成幾圈無以名狀的繩結。

我立刻明白，如今我所目睹的物事，可說是原始巫術的「活化石」。

據我所知，全球各地的原始巫術，都有一個共通點，認為神秘的符號，具有神秘的法力。所謂神秘的符號，可以是文字，可以是圖案，可以是符籙，可以是手印，當然也可以是繩結。

事實上，不少學者認為，繩結用來當作巫術符號，要比其他任何符號，歷史更為久遠。因為人類使用繩索，至少已有幾十萬年之久（大約和用火的歷史同樣久遠）。早在人類尚未發明任何文字或象形符號之前，已經開始利用繩結，作為「書寫工具」，那就是所謂的結繩記事。

近百年的考古證據在在顯示，結繩記事所記的那些事，和求神問卜幾乎脫離不了關係。這一點，和甲骨文頗為類似。

我原本以為，這種結繩的巫術，早已盡數失傳，蛻變成了迷信或民俗。例如十分美麗的「中國結」，就暗藏了巫術的意涵；又如在英國南部，流傳著一種傳說，取一節乾枯的小樹枝，一面高喊愛人的名字，一面將樹枝扭成「愛之結」，兩人就能永結同心。

然而，如今我竟親眼目睹，一個真正具有法力的巫結，將一名年輕巫師，變成一隻如假包換的靈猩獵犬。

我立刻聯想到，若將這條具有巫術作用的頸圈，打開或是剪開，是否就會出現類似青蛙王子恢復人身的畫面？巫術的力量，真能實現神話世界中的情節嗎？

我的好奇心，突然一發不可收拾。我悄悄掏出彈簧刀，打算以迅雷不及掩耳的動作，割開伊安的頸圈，看看究竟會發生什麼變化。

不料我正蓄勢待發之際，鄧肯突然冒出一句話：「我知道伊安為何變成一隻狗。」

我自然而然問道：「為什麼？」

鄧肯隨口道：「因為我來到這裡之後，一直希望有隻狗陪我玩。」

我對這個答案，感到相當失望，所以只是隨便應了一聲。此時，我的全副心神，仍在想著如何發動突襲，將那條頸圈在瞬間割斷。這時那隻狗趴在鄧肯身邊，和我的距離不到兩公尺，我有十成的把握，一刀刺過去，只會割斷頸圈，不會刺傷狗脖子。

但我轉念一想，萬一在我突襲時，伊安誤以為我要傷害他，猛然採取自衛行動，那麼我們一人一狗，恐怕就要兩敗俱傷了。

我正在猶豫之際，卻突然注意到，伊安竟流露出渴望的眼神！我仔細向他望去，肯定絕不是我自己眼花。

我的意志，因而再度堅定起來。沒想到這時候，鄧肯又沒頭沒腦說了一句：「所以，如果伊安變回大男生，我會很傷心的。」

這句話嚇得我一身冷汗，同時也澆熄了我的好奇心。我忽然感到十分心虛，連忙將彈簧刀收了起來。

這時，鄧肯像是發起脾氣，一言不發站了起來，離開了海灘，向島內走去。伊安則遲疑了一下，才緩緩起身，跟在小主人後面，可是我注意到，他還不時回頭向我望來。

我愣在原處，直到鄧肯快要走出我的視線，才清醒過來，拔腿追了上去。

可是不知怎麼搞的，我雖然拔腿飛奔，竟然一直沒追上她。我甚至有一種錯覺，走在我前面的鄧肯，動作似乎並不連貫（和電影的跳接畫面有點類似），每當我快要接近她，她就忽然在我眼前消失，隨即出現在前方十幾公尺處。

我不禁聯想到，小學的時候，我曾尾隨一名江湖異人，想要拜他為師，結果也發生類似的怪事。看來，古今中外的巫術和法術，的確有許多相通之處。

我雖然又開始胡思亂想，腳步並未放慢絲毫，所以鄧肯始終未曾真正擺脫我。不久之後，我便根據她的前進方向，猜到了她打算去哪裡。

這座小島，形狀雖然不大規則，基本上還是圓對稱的結構，換句話說，和一個稍微扭曲變形的圓形，大致相差無幾。

此時，鄧肯的目的地，應該是這座島嶼的「圓心」，也就是全島唯一的不毛之地。根據我這兩天的經驗，巫師島雖處處充滿神秘，但那座微微隆起的土丘，絕對是全島最神秘的所在。

我在昨天，就親自領教過，那座土丘有著無法形容的怪異。剛才，聽到鄧肯講了那個故事，更令我對它感到又敬又畏。

我不禁有些擔心，鄧肯頭也不回地衝向土丘，究竟有什麼用意？難道是我剛才的秘密企圖，惹惱了巫王，所以巫王將她召回去，不再擔任我的嚮導？

這時已接近正午時分，叢林裡陽光充足，可是我卻有一種陰森的感覺。萬一我真的惹惱了巫王，那麼輕則一切努力付諸流水，重則……

重則如何？我有點不敢再想下去，只好硬著頭皮，繼續跟在鄧肯後面。

十分鐘後，那座土丘已經遙遙在望，在正午的陽光下，看來更像一座具體而微的沙漠。

昨天我跟著那隻蜥蜴，剛來到附近，立刻產生了進入沙漠的幻覺，所以並未好好打量這座土丘。今天我刻意仔細看了看，它約有兩個籃球場那麼大，最高處頂多三十幾公尺。

稱之為小山當然也可以，只是稍微勉強了一點，所以我在心中，仍稱之為土丘。

當我的腳步，即將踏入這塊寸草不生的範圍時，心中不禁猶豫了一下。這一踏進去，會不會再度產生幻覺？就在這個時候，已經走到土丘旁的鄧肯，猛然轉過頭來，對我揮了揮手。

我像是著了魔般，立刻毫不猶豫，走到了她面前。下一瞬間，我差點以為，幻覺真的又出現了！因為在我面前的鄧肯，突然像是長大了十幾歲。

或許我應該說得更清楚一點，鄧肯的外型，從頭到腳，仍是個七八歲的小女孩，可是她臉上的表情，卻令我有一種她已是成年人的錯覺。

我和她足足對望了一分鐘，竟越來越覺得，那並不是我的錯覺。

我自然十分吃驚，但我勉力不表現出來，甚至故意不開口。鄧肯同樣不發一語地望著我，彷彿和我進行一場耐力的比賽。

又過了好幾分鐘，我終於敗下陣來，問道：「你帶我來這裡，究竟有什麼用意？」話一出口，我隨即驚覺，自己似乎不知不覺間，已將鄧肯當成了大人。

鄧肯眉頭一蹙（那絕不是七八歲女孩的表情），道：「為了和你做進一步的溝通。」

果然沒錯，她的聲音仍是稚嫩的童音，口氣卻顯得老氣橫秋。

我再也忍不住了，高聲質問：「你不是鄧肯，你不是那個小女孩，你到底是誰？」

鄧肯嘆了一口氣，道：「我仍然是鄧肯，只不過每次來到這裡，我就不再是小女孩。此時此刻，我的心智年齡，和你差不多。」

我驚嘆一聲：「這又是什麼巫術？」

鄧肯答非所問地道：「聽著，我很不喜歡這種感覺，所以我們儘快把該講的話講完，以便趕緊離開這裡。」

我一頭霧水，茫然問道：「究竟要講些什麼？巫王自己為何不出面？」

鄧肯露出一個難以捉摸的笑容：「早就跟你講過，這座島上，只有我一個人。」不過這句話，我幾乎沒聽進去，因為我一直在想，這種笑容出現在小女孩臉上，堪稱詭異之極。

直到鄧肯將同樣一句話，又重複了一兩次，我才回過神來。可是下一刻，我所想到的事情，卻令我的腦袋，開始嗡嗡作響。

雖然難以置信，但我還是想通了。

自從我見到鄧肯，她講的話雖然處處透著玄機，卻從來沒有否認巫王的存在，只是一再強調，這座島上，只有她一個人。

而我早已在她身上，見識到了巫術的奇蹟。比方說，徒手將海水化為淡水，難度就不下於令清水變成葡萄酒！

既然如此，那麼根據「衛斯理定律」，答案已呼之欲出——

——鄧肯就是巫王，巫王就是鄧肯！

我眼前這個自稱鄧肯的小女孩，就是巫王幻化而成的！他既然能輕而易舉，將伊安變作一隻獵狗，那麼自己化身成西方小女孩，又有什麼困難？

想到這裡，我忍不住哈哈大笑起來。我至少笑了好幾分鐘，還情不自禁掉下了眼淚，但我心裡明白，這是標準的喜極而泣。

我跑了大半個地球，歷經千辛萬苦和九死一生，終於找到了傳說中的巫王，並親眼見證了他的巫術如何出神入化，所以我的心願，十之八九有實現的希望了！

當我在發洩這番情緒的時候，面前這個「小女孩」始終一語不發，也沒有任何表情。可是在我想來，巫王自然有辦法讀取我的心思，所以他一定知道，我已猜到了事情的真相。

不料，當我正打算開門見山，提出我的請求之際，「小女孩」卻道：「我不明白你為何突然那麼激動，但我向你保證，無論你想到什麼，都並非事實。」

我心中暗叫了一聲糟，難道是巫王不願對我伸出援手，所以才這麼說？

我連忙提醒自己，在這個關鍵時刻，一定要保持冷靜。我強迫自己鎮定下來，仔細注視面前的「小女孩」，因為我相信，縱使巫王法力無邊，憑我的銳利目光，也能從他的表情（以及微表情），多少看出一些端倪。

可是我看了半天，仍舊看不出「小女孩」心中是否有鬼。我不禁暗自感嘆，巫術世界的一切，果然不能以常理度之，搞不好連衛斯理定律，這回也失靈了！

我像是洩了氣的皮球，頹然道：「你……不是巫王？」

沒想到我此話一出，「小女孩」竟吃吃笑了起來。她笑了好一陣子，才設法調勻呼吸，道：「你想到哪裡去了？」

我一字一頓問道：「你真的不是巫王？」

鄧肯——這時我心中，勉強又將她想成鄧肯——做了一個俏皮的鬼臉，道：「你這人什麼都好，就是太過自以為是。」
我機械式地重複了一次：「你真的不是巫王？」
鄧肯露出稍許不耐煩的表情：「我當然不是巫王，巫王早已不在世上！」
聽到這句話，我終於體會到什麼叫作晴天霹靂！我簡直無法接受這個答案，氣急敗壞地嘶吼道：「我不相信！這裡明明就是巫師島，你明明就是巫王，否則放眼可見的種種巫術，又是怎麼來的？」
鄧肯突然上前拉住我的手，抬起頭來，柔聲道：「你別激動，既然帶你來到這裡，自然會讓你弄明白。坐下來，我慢慢說給你聽。」
於是，在這座土丘旁，我和鄧肯再次席地而坐，伊安則照例趴在鄧肯身邊。接下來，鄧肯滔滔不絕，幾乎替我解答了所有的疑惑。
她首先強調，打從今天清晨見到我開始，她對我說的句句都是實話。只是之前在海邊，她的心智處於七八歲的階段，所以難免語焉不詳。
可是她感覺得到，我心中仍充滿困惑，所以毅然決然，帶我來到這座土丘。因為她早就發現，在這塊不毛之地，自己的心智會陡然增長。（這時，她還並未詳細解釋，究竟是怎樣增長法。不久之後，我才真正明白，又令我嘖嘖稱奇不已。）

話說回來，她也早有體會，心智的增長，只會帶來無窮的煩惱和痛苦，所以過去這幾年間，她很少主動來到土丘附近。換句話說，她每次來這裡，幾乎都是在不知不覺的情況下（我相信，那是十分類似催眠的一種經驗）。

每次來到這裡，她似乎都會多懂一點事情。日積月累之下，終於有一天，她明白了這座小島的奧秘。

以下是她的一段獨白，在她講完這番話之前，我根本沒有插嘴的機會。

「幾百年前，巫王從非洲來到美洲，以加勒比海為根據地，收服了從阿拉斯加到福克蘭群島的所有巫師，成為美非兩洲巫術世界的共主。巫王死後，弟子遵照他的遺命，將他的遺體，運到這座不知名的小島，秘密埋葬。

「根據巫王的遺訓，他的無上法力全是大地所賜，死後要透過這座小島，再將法力還給大地。巫王死前還曾預言，只要葬在此地，他的肉身雖然難免腐朽，魂魄卻能永遠留存這座島上，並且繼續精進，如此三百六十五年之後，他就會復活，重回人間。

「巫師島的名聲，因此不脛而走，可是以訛傳訛的結果，巫王被說成練就了長生不死術，將永永遠遠統領巫術世界。因而每隔數十年，總會有不明就裡的巫師，前來尋找巫王鬥法，希望將『巫王』的頭銜，搶到自己身上。那些巫師當然找不到巫王，可是毫無例外，個個被莫名的力量，打得落花流水。於是巫王的法力，逐漸被渲染到出神入化的境界，而巫師島也蒙上了神話色彩。」

說到這裡，鄧肯伸手指了指：「巫王的屍骨，就埋葬在這座土丘中。」

事實上，剛才鄧肯提到，巫王葬在這座小島上，我已經隱約猜到，此地就是巫王的陵墓。這時終於從鄧肯口中，證實了這一點，我不禁抬起頭來，以虔敬的心情，將這座看似毫不起眼的陵墓，又仔細打量了一遍。不料我越看，越覺得百思不得其解。

我對中國傳統的堪輿術，自小抱持著好奇的興趣，因此有關風水的理論，無論陰宅陽宅，我都多少懂得些皮毛。可是，如今面對這座巫王墓，我忽然有個衝動，回家之後，要把書房裡所有的風水書籍，通通丟進垃圾桶！

這樣一座寸草不生的土丘，就中國風水學而言，乃是「五不葬」之首，無論如何不宜當作墓地。據說，葬在這種童山濯濯之地，無論對死者或其後人，都是大凶特凶。

可是，法力高強的巫王，偏偏選定這個地方，當作自己的埋骨之所，而且，果真如其遺言所示，成功地將他的魂魄，藏到了這座小島之中。

（因此之故，我後來有好幾年的時間，聽到「風水」兩字就皺眉頭。直到親身經歷了一項只有風水方能解釋的奇蹟，我對中國古老智慧的信心，才終於拾了回來。）

言歸正傳，我只怔了幾秒鐘，便驚嘆道：「怪不得這座土丘，蘊藏著這麼強大的巫術力量！」

鄧肯並未理會我，逕自說了下去：「如今距離巫王下葬，已有將近四百年。」

我又驚又喜，立刻接口道：「那麼根據他的遺言，他應該已經復活了！」

鄧肯緩緩搖了搖頭：「可以說有，也可以說沒有。」

她竟然在這個節骨眼，跟我打起機鋒，我可沒這個心情奉陪，連忙催促道：「有就有，沒有就沒有，這種事情，怎麼會模稜兩可？」

鄧肯嘆了一口氣，道：「這個問題，太過複雜深奧，我此時的心智，沒有能力回答。」

我聽出她話裡似乎藏有玄機，抱著一絲希望問道：「需要再等多久，你的心智，才能回答這個問題？」

鄧肯露出一個無奈的笑容，道：「不是需要再等多久，而是需要再走多遠。」

一時之間，我完全摸不著頭腦，不知道她又在打什麼啞謎。直到我注意到，鄧肯轉過頭去，向土丘頂端望了望，才勉強猜出她的意思。

我試探性地問道：「是不是越往上走，你的心智就會越成熟？」

鄧肯沒有直接回答，她幽幽嘆了一口氣，便緩緩站起來，拉住了我的手。可是當她邁開腳步的時候，我又怔了一怔，因為她並非如我所料，向土丘頂端走去，而是開始繞著土丘行走。

但我轉念一想，她此時的行動，一定有著巫術上的作用，我最好別隨便開口。所以我忍住了，什麼話也沒問，默默讓她牽著走。

不久我便注意到，鄧肯並非單純在繞圈子，而是一面繞圈，一面緩緩向上走，換句話說，我們正沿著一條螺旋路線前進。如果將這座土丘，比喻成一座山，那麼我們此時，就是沿著環山的道路，正在逐漸爬升。

我因而聯想到，當初在小寶圖書館，看過不少有關巫術的照片，上面都有類似的螺旋圖案，不論是刻的、畫的、織的、繡的，幾乎都如出一轍。這就代表，這種螺旋曲線，幾乎是古往今來各種巫術中，所共有的一個圖騰。

不過，這種螺旋曲線，究竟具有什麼法力，學界則眾說紛紜。唯一的交集，就是大家都相信，螺旋的中心，應該是最神聖、最神秘，以及巫術力量最強的地方。

所以說，這時鄧肯是要帶著我，沿著一條螺線，爬上這座土丘的頂端？想到這裡，我不禁滿心期待，因為這座土丘周圍，已經有那麼強大的巫術力量，土丘的頂端，也就是螺線的中心，一定更加不可思議！

不料我們才走到半山腰，鄧肯突然停下腳步。

我低下頭來，對她做了一個詢問的表情，但迎接我的，卻是一對深邃無比的目光。我只好開口問道：「我們不走了嗎？」

鄧肯一臉嚴肅的表情，道：「這裡足夠了。你該知道，越往上走，我就越不舒服。」

我問道：「你的意思是，現在你可以對我解釋，巫王到底有沒有復活？」

鄧肯一本正經地點了點頭，眼神中充滿智慧的光芒，道：「可以了。」

我做了一個請說的手勢，她隨即道：「就世俗角度而言，巫王並沒有復活，他的骸骨仍舊埋在這座土丘之中，他的靈魂也並未進入另一個軀體。

「可是，巫王的靈魂，在沉睡了三百多年之後，果真醒了過來。他之所以並未重塑自己的肉身，也沒有藉著輪迴轉世回到人間，是因為他發現了一種更佳的存在方式。如今，不但他的法力化整為零，滲透到了小島各個角落，他的屍骨也以類似的方式，和這座島上的一切合而為一。因此這座小島，儼然成了巫王的化身，其上所有的動物、植物或礦物，都擁有巫王一部分的屍骨，也繼承了巫王一部分的魂魄。」

聽到這裡，我忍不住嗤之以鼻：「天底下居然有這種事？」但我轉念一想，這和盤古的神話，頗有異曲同工之妙。根據中國古老傳說，開天闢地的盤古死後，「四肢五體為四極五嶽，血液為江河，筋脈為地理，肌肉為田土……」

然而，神話似乎並沒有提到，盤古的魂魄去了哪裡。於是我又聯想到，在許多鬼故事中，孤魂野鬼常附身在沒有生命的物體上，等待投胎的機會，這和鄧肯所謂的小島繼承了巫王的魂魄，也不謀而合。

想到這裡，我對鄧肯的說法，已經比較能接受了。我做了一個抱歉的手勢，請她繼續說下去，於是她道：「二十幾年來，巫王利用這個新軀殼，繼續修練自身的巫術。不久他便發現，這個新軀殼所能發揮的力量，千百倍於原本的肉身。」

我突然想到一個問題：「你說整個巫師島，成了巫王的新軀殼，那麼這座土丘，自然是巫王的『大腦』了？」

沒想到鄧肯又莫測高深地道：「可以說是，也可以說不是。」

我不禁有些氣惱，追問道：「這又是什麼意思？」

鄧肯答道：「這座小島的每一顆微塵，每一個分子，都分享了巫王的魂魄和法力。如果說這裡是巫王的大腦，那麼哪裡是他的眼睛，哪裡又是他的手腳？」

我為之語塞，只好反問道：「既然這座島上，巫王無處不在，那麼請問，這座土丘為何那麼殊勝？為什麼你必須來到這裡，才能藉著巫術的力量，令心智瞬間增長？」

我這招「以子之矛，攻子之盾」，果然考倒了鄧肯，只見她皺著眉頭，不發一語，逕自沿著那條看不見的螺旋，又走了將近一圈。

等到她終於停下腳步，立刻轉過頭來，道：「如果你對巫術稍有瞭解，就應該知道，巫師的魔杖，起著什麼作用。」

我的腦袋轉了兩轉，便很快想通了。許多巫師在施術時，需要藉著一根尖頭的法器，來凝聚巫術的力量。我曾經讀過一個理論，認為這種凝聚作用，和電學中的「尖端放電」效應，脫離不了關係。

這時鄧肯則說，這座土丘好似巫王的魔杖，這就代表，整個巫師島的力量，絕大多數凝聚在這座土丘上——所以我剛才的推理，認為由於這裡是巫王墓，因而具有強大的巫術力量，其實並不正確。

我立刻在心中，將這座土丘的種種神秘現象，和這個說法互相印證，果然無不合情合理。然後，我忽然想到一件事，脫口而出道：「所以說，土丘的頂端，就是巫術最強的所在？」

鄧肯點了點頭，露出讚許的表情，道：「是的！站在那裡，你就可以直接和巫王的魂魄溝通，不再需要我來代言。」

我驚喜萬分，忙道：「你的意思是，我現在就可以上去？」我一面說，一面用手在空中畫了幾圈，表示我不至於魯莽到直衝上去。

鄧肯微微一笑：「別急，最好讓伊安再舔你幾下。」

我十分訝異，這又是什麼巫術？可是這時，我一心想和巫王直接溝通，毫無心情追究這些細節，二話不說便蹲了下來。

一直跟在鄧肯身邊的伊安，立時向我湊過來，伸出熱呼呼的舌頭，又在我臉上大舔特舔一番。滋味雖然不太好受，我卻甘之如飴。

等到伊安終於跳開，我立即站起來，跟鄧肯做最後確認，道：「我現在可以上去了？」

鄧肯笑道：「當然可以，恕我不再奉陪。等你和巫王溝通完畢，小鄧肯在海邊等你。」

8

第八章

終點

當我沿著那條看不見的螺旋，逐漸走上土丘頂端時，心中不禁百感交集。這趟旅程，終於接近尾聲了，只是我萬萬想不到，終點竟然在這座土丘之上。

根據鄧肯的說法，這座土丘的頂端，乃是整座巫師島，巫術力量最為聚集之處，我只要站在那裡，就能和化身為小島的巫王，做直接的溝通。

那會是什麼形式的溝通？我會聽到巫王的聲音嗎？會看到他的形像嗎？或者更可能的情形，是巫王利用巫術的力量，影響我的大腦，讓我自以為聽到和看到他？

我一面胡思亂想，一面緩緩邁開腳步，但這段短短的路程，居然好似永遠走不完（我心知肚明，這只是心理作用，和巫術毫無關係）。

我完全失去了時間觀念，以為自己走了好幾個鐘頭，才終於走到丘頂。但這時我注意到，太陽正在我的頭頂，換句話說，如今才正午時分——還是我走了整整一天一夜？

我原本以為，在接近丘頂的時候，應該就能感應到一些異象。不料，此時我明明已經來到目的地，為何仍舊沒有一點感覺？我立刻想到，是不是我的姿勢不對？

這時候，我一動不動，直挺挺站在土丘頂端，活像豎立在丘頂的一尊石像。如果「尖端放電」理論正確，此時巫術的力量，應該會直通我的腦殼，可是，我竟一點感覺也沒有。我不禁十分後悔，鄧肯離去之前，忘了問個明白。

剛才我是這麼想的，既然鄧肯告訴我，站上土丘頂端，就能直接和巫王溝通，那麼我只要模仿她的動作，盤旋爬上丘頂，自然就能如願以償。因為，鄧肯除了沿著螺線爬升，其他什麼都沒做，就藉著巫術的力量，令心智不斷暴漲。

一定有什麼意想不到的關鍵，我還不知道——是她故意不告訴我，還是忘了說？

然而，鄧肯是替巫王（或說巫師島）扮演嚮導的角色，並沒有理由捉弄我！而且，鄧肯離去之前，已經十分接近丘頂，她的心智已能掌握巫師島所有的奧秘，所以也不可能有什麼她不知道的事，因此我相信，應該是無心之失。

可是，她忘了提醒我的，到底是什麼關鍵呢？

我相信，答案不至於太複雜，甚至可能簡單之極，否則她不可能忽略。

我左思右想了老半天，竟然想不出任何線索，不禁相當懊惱。我只好安慰自己，至少學到了一個教訓，巫術世界的一切，都不能想當然耳。

突然間，想當然耳這四個字，令我靈光一閃！

嚴格說來，鄧肯這個女孩，只是巫王的使者，本身並非巫界中人，即使她的心智受到巫術提升，可是她的思考邏輯，仍舊屬於凡夫俗子。

所以說，或許鄧肯剛才，同樣犯了「想當然耳」的錯誤。換句話說，她難免自我中心，以為適用於她的情況，同樣適用於我。既然她自己站上丘頂，就能和巫王直接溝通，我當然沒有理由做不到。

然而事實上，我偏偏做不到，因為我和她，終究有些基本差異，而最大的差異——

想到這裡，我立刻蹲了下來，幾乎在同一瞬間，我就知道自己猜對了！

說時遲那時快，我耳邊立刻響起一個低沉有力的聲音：「衛——斯——理！」

聽到這個聲音，以雄渾無比的氣勢，呼喊我的名字，我竟感到一陣暈眩，隨即一個踉蹌，撲倒在地！

在這大約半秒鐘的過程中，我只覺得全身軟綿綿，一身武功毫無用武之地。我冒出一個莫名其妙的聯想：章回小說中的「呼名落馬」，原來真是一種巫術。

半秒鐘之後，「砰」地一聲，我結結實實撲倒在地面上。奇怪的是，我並未感到任何疼痛，但更奇怪的是，我明明已經趴在地上，砰砰聲兀自綿綿不絕。

我隨即發現，這些砰砰聲，乃是發自體內，像是我的心跳被放大了千百倍。不對，這些砰砰聲，和我的心跳毫無關係，而是發自體內更深之處，就像我全身每一個細胞，都在齊心協力發出這種聲響。

想著想著，我逐漸感覺到，整個身體彷彿成了一個共鳴腔，和這一連串的砰砰聲，正在進行共鳴。

這是一種奇異之極的感覺，甚至無所謂好受不好受，勉強形容的話，我在修習上乘內功之際，真氣遊走全身，曾經有過類似感覺，可是相較之下，則是標準的小巫見大巫。

一想到「小巫見大巫」這個比喻，我忽然真正想通了，這種奇妙的感覺，是巫術中的鼓聲，在我身上所起的作用。

據我所知，越是原始的巫術，鼓聲扮演的角色就越重要，這一點，古今中外幾乎沒有任何例外。我還記得，有一篇研究原始巫術的論文，列舉出原始巫術的四大要素：藥物、夢境、鼓聲、舞蹈。作者認為，這四大要素的共通點，就是皆能令人進入所謂的迷離狀態（trance）。

在這種迷離狀態中，巫師有時能接獲天啟，有時能學得超凡的法力，等到恢復神智之後，便能在現實世界，利用這些知識和力量，替族人消災解難。

至於為何鼓聲能令人進入迷離狀態，由於論文作者並非科學家，只能以催眠效應籠統解釋。可是，當我在小寶圖書館，讀到這篇論文時，立刻聯想到物理學上的共振作用。

在共振作用下，外界的能量，會源源不絕進入人體，也就是說，人體會照單全收，不會反彈絲毫。這些能量積聚在體內各個角落，自然會產生意想不到的效果。從這個角度解釋，所謂的迷離狀態，也就不算太迷離了。

後來，我又刻意查了一些聲學方面的資料，更加證實了自己的猜測。原來在打巫鼓的時候，大多數的能量，都化作人類根本聽不到的次聲波（頻率特低的聲波，例如地震波就屬於這一類），這一部分的聲波，人類的耳朵雖然聽不到，可是對於人體的影響，要比普通聲波有過之而無不及。

之前提到過，我在研究巫術的過程中，私自將巫術分成兩大類，並且認為「第二類巫術」多少能找到科學上的解釋。其中，鼓聲在巫術世界所扮演的角色，可說解釋得最成功，在我所蒐集的巫術資料中，這類的例子還並不多見。

可是，當初我由於時間急迫，所有的研究都是紙上談兵，並未進行真正的實驗。所以，我並沒有機會體驗，鼓聲到底對人體有多大的影響，以及是否真會引發迷離狀態。

此時此刻，我才真正體會到這股威力！

我趴在土丘頂上，全身緊貼地面，感到一陣又一陣的鼓聲，從土丘深處竄出來，盡數灌入我的四肢百骸，沒有一絲能量消散到空氣中。不久之後，我全身上上下下，似乎都隨著這陣鼓聲，開始翩翩起舞，每個細胞彷彿都有了自己的意識，不再只是我體內的一個小零件。

鼓聲越來越激昂，我全身數以兆計的細胞，似乎也越跳越興奮，好像個個想要掙脫這副軀體，飛向自由的空間。

不知不覺間，我感到身上的細胞，果真逐一離我遠去。我突然冒出一個滑稽的想法，等到我全身的細胞，所剩無幾之際，我還能感受到「我」的存在嗎？

沒想到，這一刻很快就來臨了。構成我這個人的數十兆細胞，好似變作數十兆顆星辰，散佈在宇宙間各個角落。不過還好，我還能感受到自己的存在，但卻是奇異之極的一種存在，莫非，這就是所謂的迷離狀態？

根據文獻記載，一旦進入迷離狀態，不但正常感官都會暫時封閉（也就是看不到、聽不到、聞不到、摸不到……），甚至將喪失所有的時間感和空間感。當初，每當我讀到這類敘述，總是感到不知所云，這時親身體驗，才瞭解到人類的文字，的確難以形容這種超乎經驗法則的一種經驗。

如果要我勉強形容，我會這樣說：所謂的喪失時間感，並非感覺不到時間的流逝，而是在模模糊糊中，能夠同時感受到所有的時間，同理，喪失空間感，則意味著同時感受到所有的空間。因此甚至可以說，古往今來，上下四方——也就是整個宇宙——盡數濃縮在迷離狀態中。

怪不得古今中外無數的巫師，都能從迷離狀態中，取得無上的知識，以及無窮的力量！

我忽然想到，等我恢復正常，回到現實世界之後，會不會也變成一名巫師？果真如此的話，我自己能否設法移除自己的心蠱？莫非，這就是巫王帶我進入迷離狀態的用意？

可是，難道真的那麼簡單嗎？

這時我忽然覺得，感受到一個人，出現在附近。

那是一種極難形容的感覺，正如我剛才所說，在迷離狀態中，人類的正常感官，一律暫時封閉。換句話說，如果有任何感覺，都應該是異乎尋常的「超感應」。

比方說，能夠同時感受到所有的時間和空間，就是一種宗教意味極濃的超感應（佛教徒稱為第八意識，有個古怪的專門名詞，大家有興趣可以查查看）。不過，此時我忽然感受到另一個人的存在，則是一種截然不同的超感應。

事實上，如果以動物的超感應當例子，並不難解釋我此時的感覺。

想必許多人都知道，海豚這種動物，會發射超音波，然後根據反彈的回波，偵測遠方的物體。可是，海豚對超音波的感應，其實遠超過一般人的想像，牠們能藉著反彈的超音波，感知物體的立體形狀甚至內部結構——這是一種介乎視覺、聽覺和觸覺之間的感應，一種當之無愧的超感應。

此時，我對於那個人的感覺，就和海豚的超感應非常類似。我明明感到正在和他進行近距離接觸，甚至感覺得到他的模樣，偏偏無法真正看到他、聽到他和碰到他。

巫術世界的一切，實在太奇妙了，竟能讓我這樣的普通人，一下子擁有動物的超能力！

我在驚嘆之餘，突然又感覺到，那人正在試圖和我溝通，因為我十分確定，從他身上，正發出一連串的訊號。

可是，那究竟是什麼訊號，我怎麼一點概念都沒有？

那絕不是任何身體語言，因為他的形體幾乎沒有動作，也並非任何一種符號或文字，因為我根本看不見任何東西。

可是，我明明感受到他在對我發射訊號，這絕非我的錯覺。我正打算靜下心來，冷靜分析一番，卻忽然感覺到，一串串的訊號越來越強，彷彿具有實體一般，撞擊著我的身體。

難道他是在利用觸覺，試圖和我進行接觸？我立刻聯想到，夢境中的石菊，曾以類似方式，使用康巴族人的鼓語，和我秘密交換訊息。

一想到鼓語，我便終於想通了！我這時感受到的訊號，是一連串極不規則的咚咚聲。相較之下，先前引我進入迷離狀態的砰砰聲，則充滿韻律感，兩者有著明顯的不同。

難道這個人——我幾乎肯定他就是巫王——在利用某種鼓語，向我傳達訊息？與此同時，我突然注意到，他的形體雖然毫無動作，卻有著忽大忽小的變化，這個發現，更增強了我的信心。

我隨即又想到，即使這串咚咚聲真是鼓語，也和康巴族人絕無關係，應該是非洲地區的傳統鼓語。巫王來自西非海岸，那裡幾種通用的鼓語，好在我都並不陌生。

沒想到就在這個時候，我卻猛然驚覺，那根本不是什麼鼓語，而是我最熟悉的語言——字正腔圓的中文！

這究竟是怎麼回事？難道又是我的幻覺？不，不是幻覺，而是當我猜到這是西非鼓語之後，下意識立即自動運作，將之「翻譯」成我最熟悉的中文。這並沒有什麼好奇怪的，在迷離狀態中，大腦自然會啟動某些特異功能。

我忽然想到一個有趣的比喻：一開始的時候，我像是用收音機，在接收電視訊號，當然怎麼聽都是噪音，後來我換用電視機，才終於聽到正常的聲音。

不過，我所接收到的「電視訊號」，視頻部分大概有些問題，所以影像始終模糊不清。換句話說，巫王的聲音，字字句句我都聽得清清楚楚，可是他的模樣，仍舊一團朦朧。

在我尚未回應之前，巫王一直在重複的，其實就是我的名字：「衛斯理！衛斯理！衛斯理！衛斯理……」

我根本來不及細想自己該如何開口，便脫口而出，用中文道：「沒錯，我是衛斯理，閣下就是巫王？」老實說，至今為止，我始終沒想通，當初和巫王的這段對話，自己是如何發聲的，只好歸諸巫術作用，存而不論。（我曾突發奇想，自己真正發出的聲音，或許也是一連串的咚咚咚？）

那聲音隨即答道：「你怎樣稱呼我無所謂，反正，我確是你要找的人。」聽到這個回答，我忽然有如釋重負之感，不，應該說五味雜陳，七上八下。

皇天不負苦心人，我終於找到了巫王！可是，巫王究竟能否移除我的心蠱，或者，是否願意對我伸出援手，都還在未定之天！

想到這裡，我急不及待地問道：「既然閣下知道我是誰，是否也知道我此行的目的？」

巫王毫不猶豫地答道：「當然，你的一切，我都曉得。」

我接口道：「所以，打從我自海地出發，閣下就已經知道了？」

巫王道：「當然。」

我忽然想到一個問題：「所以那頭虎鯊，果真是閣下派來接我的？」

不料巫王卻道：「牠碰到第一重禁制，就游不過來了，你認為會是我派的嗎？」

這時我也想了起來，當初我騎著那頭虎鯊，即將衝出暴風圈之際，牠像是猛然撞在一面玻璃牆上，再也無法向前游去。原來，牠和那場暴風雨一樣，遭到了巫術力量的拒斥。

可是我越想越奇怪，忍不住追問：「如果不是巫術的作用，那頭虎鯊怎會那麼溫馴，那麼通人性？」

巫王竟答道：「難道你忘了，曾有一位女巫，在你身上種了一個護身符？」

巫王說得完全正確，的確有這麼回事。一個多月前，我還在歐洲的時候，曾經遇到一位吉普賽老女巫（我就不描述她的樣子了，反正大家不難想像）。她雖然對我的心蠱束手無策，卻鄭重其事表示，她從水晶球中，看出我的前途凶險萬分，因此堅持要在我身上，種下一個護身符。

我還來不及做任何表示，她已經走上前來，冷不防在我的額頭上，輕吻了一下。我立時感到噁心之極，起了一身雞皮疙瘩，卻不便當場發作，只好匆匆告辭，回到酒店，趕緊洗了好幾把臉。

如今，照巫王的說法，那位老女巫，真的藉著這一吻，在我身上種下一個護身符，保佑我諸事化險為夷，所以那頭虎鯊非但不攻擊我，反倒成了我的坐騎！想到這裡，我自言自語道：「真多虧了加加女巫，否則我早就葬身魚腹，根本到不了巫師島。」

巫王用不以為然的口氣，接口道：「加加其實是埃及人，偏要去學歐洲那些旁門左道。你有所不知，那個護身符，給你我都惹了不少麻煩。」

我驚訝不已：「此話怎講？」

巫王道：「昨天你剛上岸，我就派一個小兄弟，前去接引你。」

我知道巫王口中的小兄弟，就是起初被我誤認為恐龍的小蜥蜴。這回我猜得沒錯，那隻小蜥蜴，的確是巫王派出來的。可是昨天我跟著牠，剛抵達土丘附近，牠就突然消失無蹤，我則進入了沙漠幻境，莫非這就是巫王所謂的麻煩？

我已經猜出一個梗概，試探性地問道：「難道說，因為我額頭上有個隱形的護身符，以致無法接近這座土丘？」

巫王答道：「正是如此！兩種巫術力量相衝的結果，不但令你無法接近土丘，還差點將你永遠禁錮在幻境中，連我都難以出手搭救。好在你自求多福，終於自行脫困。」

我恍然大悟：「我懂了！所以今天早上，閣下改派鄧肯和伊安來找我，第一件事，就是由伊安將我的護身符舔去，於是這一次，我能順利來到土丘。可是，這對閣下而言，又算得了什麼麻煩？」

巫王卻久久沒有回答，我自然不好再追問下去。於是，我趕緊將話題轉移到自己身上，道：「閣下剛才曾說，曉得有關我的一切？」

巫王道：「打從七年前，我就注意到你這號人物，從此你的一切，我盡皆知曉。」

我大惑不解：「七年前？為什麼是七年前？」我正打算搜尋腦海中的記憶，轉瞬間，竟然「看見」真實無比的畫面——一波波的巨浪，像是千軍萬馬，以難以置信的速度，離開了海岸，向外海前進！我立刻想到，那是當年那批日軍餘孽，在非洲外海所製造的超級海嘯。

但我轉念一想，當年這場偷擊美東的超級海嘯，原本已無可挽回，可是在最後關頭，竟出現了不可思議的轉折，給了我第二次機會，終於阻止了這場浩劫。雖說連我自己都不敢相信，然而事實的發展，卻又的確如此。話說回來，如今出現在我眼前的逼真畫面，又代表什麼意義呢？

我立刻想通了，脫口道：「難道是因為七年前，我阻止了那場海嘯？」

巫王道：「正是如此！如若巨難成真，北美地區無數生靈，都將死於非命，就連這座島嶼，也會遭到史無前例的浩劫，因此之故，我們都欠你一份情。」

我謙虛地道：「見義勇為，乃吾輩之本分。」

巫王道：「你不必自謙，這是天大的義舉。雖說險些功敗垂成，好在再來一次之後，你終究扭轉了局面，所以無論如何，還是應該歸功於你。」

我奇道：「閣下的意思是，知道我先前曾失敗一次？閣下知道曾經出現時光倒流？」

巫王答道：「我若不曉得，就只有天曉得了。」

我心中陡地一亮：「莫非這件事，是閣下暗中相助？」

巫王道：「你要這麼說，我也不否認。」

我立時好奇心大熾，追問道：「請問閣下是如何做到的？難道巫術的力量，真能令時光倒流？」

巫王答道：「巫術力量雖然深不可測，無奈仍有其極限。其實，我只是取了一個巧，你大概不曉得，全世界的地脈，都是相通的。」

這個沒頭沒腦的答案，令我有如丈二金剛摸不著頭腦。我正準備繼續發問，巫王卻搶先道：「言歸正傳吧，別再談論這些枝微末節了。」

我不便違背巫王的意思，只好壓抑住好奇心，切入正題：「既然閣下知曉我的一切，自然知道我有事相求。」

巫王道：「那還用說！」

我聽不出這句話的意思，只好問道：「敢問閣下，是否可行？」

巫王道：「你若是指移除心蠱，恐怕要失望了。」

我的心陡地一沉，但轉念一想，巫王似乎話中有話，連忙又問：「請問還有什麼事，我可以抱一線希望？」

巫王答道：「只要你耐心等待，心蠱的作用總有消退的一天。」

我趕緊追問：「要等多久？」

巫王發出一陣雄渾的笑聲，道：「等你到了我這個年紀，也就是四五百年之後，再厲害的心蠱，保證也會失效！」

我不禁動了氣：「閣下這話並不幽默！」

巫王道：「我是就事論事，並非尋你開心。」

我感到萬念俱灰，勉強擠出一句場面話：「既然如此，晚輩告辭了！」

沒想到巫王卻道：「且慢，我還沒說完！若要避免心蠱發作，其實並非難事。」

聽到這句話，我如獲大赦，驚喜萬分道：「真的？」

巫王的口氣有著明顯的不悅，道：「如果你對巫術世界稍有瞭解，就該切記，千萬不要質疑一位巫師。」

我連忙道歉不已，隨即又問：「請問該如何進行？」

巫王道：「最直截了當的方法，是讓你回到三年之前。」

我感到極其不可思議：「閣下的意思是，將我送回三年前的世界？」

巫王答道：「我縱有通天徹地之能，也頂多在時光洪流中，將你拉偏一兩個時辰。否則，我大可直接將你送到幾百年後，令你的心蠱不藥而癒。」

我不解地追問：「那麼閣下的意思是？」

巫王道：「我是指讓你的心，回到三年之前。」

我正想說聽不懂，話還沒出口，自己就想通了，道：「閣下的意思是，讓我的心理狀態，回到三年前？」

巫王道：「如此你的心蠱，便失去了應驗的對象。」

這個時候，我完全瞭解巫王的意思了。他是要利用巫術的力量，將我過去三年的記憶，徹底抹去。這樣一來，心蠱雖然並未移除，卻恢復到尚未觸發的狀態，因為在我的記憶中，黎明玫這個人將永遠消失，心蠱的作用，自然不會應驗在她身上。

可是我心中，突然冒出一種不捨的感覺。或許可以這樣說，如果要將有關明玫的記憶，從我腦海中徹底抹除，那麼對我而言，無異再將她殺死一次！我只求心蠱別應驗在明玫身上，但絕不代表我願意忘記她！

我又進一步想到，如果將我過去三年的記憶，一口氣抹個乾淨，那麼我不但會忘記明玫，還會忘記這三年間，我所結識的每一位朋友，包括同樣已不在人世的納爾遜、G先生、張小龍，以及下落不明、生死未卜的王彥夫婦和方天等人。將來我在報紙上，讀到他們的故事，會以為他們都是我所杜撰的小說人物……

更重要的是，我同樣會忘記白素！等到我再見到她的時候，她將成為一位陌生的美麗女子。當然，或許一見鍾情會再度重演，可是在變數無窮多的情況下，誰又能保證呢？如果無法再和白素相戀，我又何必移除這個心蠱？

我越想越覺得，將這三年的記憶抹除，乃是下下之策！

⑨

第九章

起點

我只猶豫了一下子，便毅然決然對巫王道：「閣下剛才說，將我過去三年的記憶抹除，是最直截了當的方法，請問是否代表，還有其他的方法？」

巫王道：「有是有，可是需要絕大的精力和毅力，而且此法一經施為，便無法回頭，萬一失敗，將萬劫不復，誰也無法再對你伸出援手。」

我沒有絲毫動搖，問道：「請教閣下，究竟是什麼巫術？」

巫王僅僅說了三個字：「反行術！」

我當然無法顧名思義，只好冒著觸怒巫王的危險，請他做進一步說明。好在巫王並沒有不耐煩，解釋道：「你不願意讓自己的心，回到三年之前，那麼，只好將這三年間，黎明玫這個女子，在你心中所造成的心蠱交感，逐一消除。」

我不禁有些光火，質問道：「說來說去，還是必須消除我對明玫的記憶！」

巫王怒道：「不要妄下斷語，別忘了你在跟誰講話！」

我仍舊很不服氣：「頂多能讓我保有其他的記憶，對不對？」

巫王道：「衛斯理，你太自以為是了，怪不得始終無緣一窺巫術堂奧。否則憑你的資質，不出幾年，就能成為一名頂尖巫師。」

我只好以歉然的口氣道：「對不起，我不該這麼激動，可是，恕晚輩資質魯鈍，請閣下務必明示。」

巫王道：「反行術並不會令你喪失任何記憶，這正是其精妙之處。若能成功施為，只會將心蠱和黎明玫之間的交感，一一清除乾淨。這樣說吧，只有你的心蠱，會忘記黎明玫的存在。」

我感到難以置信，脫口而出道：「真的？」但我隨即想到巫王的警告，趕緊補了一句：「那實在太好了！」

巫王道：「別高興得太早，你還不曉得反行術如何施為。」

我豪氣干雲地道：「無論多麼辛苦，我都毫不在乎，即使要跑遍天涯海角，我也甘之如飴！」

巫王道：「很好，因為你的確得跑遍天涯海角。」

我哈哈大笑：「乞道其詳！」

巫王道：「你必須在八十一天之內，將過去三年所行經的路線，完完整整反過來走一遍，直到抵達你和她第一次相遇的地點為止。在反行過程中，還要不停施術，分分秒秒不可間斷，才能消除心蠱和她的交感。」

我心中打了一個突，巫王並未誇大其辭，這個反行術果然不簡單。我突然想到一個頗具黑色幽默的比喻，自己像是患了重病的病人，醫生告訴我，有兩種治療方式，其一是外科手術，我只要鼓起勇氣挨一刀，便能一勞永逸；其二則是藥物兼物理治療，我得付出極大的精力和毅力，經過長時間的療養，才有可能見效。

可是我這個人，一旦下定決心，就不可能再改變了。我深深吸了一口氣，對巫王道：「感謝閣下指點這條明路，我決定試試看。不過，晚輩還有幾個疑問，懇請閣下開釋。」

巫王爽快地道：「你儘管問。」

我道：「第一個問題，過去這三年，我即使沒跑遍天涯海角，卻也多次上天下海，甚至鑽入地心深處，而且有些地方，如今已不復存在，請問我該如何『反行』？」

巫王道：「我知道你指的是哪裡，好在那些地方，你並不是和黎明玫一起去的。」

我奇道：「請問有什麼差別？」

巫王道：「凡是你和黎明玫一起出現過的地方，你在反行之際，必須一絲不苟，沿著你們踏過的軌跡，倒過來走一遍。至於其他地方，只要象徵性點到為止即可。」

我接口道：「所以我不必登上三萬五千呎高的平台，也不必潛入數千呎深的海底？」

巫王道：「不必，只要抵達該地，轉一圈即可。」

我又笑了幾聲：「太好了，這絕不成問題，不過，我還有另一個問題。閣下剛才說，在反行過程中，我必須毫不間斷地不停施術，請問是什麼樣的巫術？我能很快學會嗎？」

巫王道：「這點你大可不必操心，自有他人代勞。」

我大惑不解：「他人？」

巫王道：「我會派伊安跟你走這一趟，巫術的部分，完全由他負責。」

我不禁有些猶豫：「可是伊安，已經變成一隻狗……」

巫王道：「但他的法力，並未有絲毫衰減。他無法恢復原形，乃是因為受到我的禁制，所以你千萬牢記，無論如何絕對不可除去他的頸圈，否則——」

我催促道：「否則怎樣？我會死於非命？」

巫王道：「否則，將害得他功虧一簣。」

我連忙追問：「此話怎講？」

巫王道：「伊安乃巫術奇才，數百年間，前來本島找我挑戰的巫師，沒有一個比得上他。我有心收他為徒，傳承我的巫術，才將他留在島上。」

我好奇地問道：「那又何必將他，變成一隻狗？」

巫王道：「他年輕氣盛，桀驁不馴，遲早害人害己。」

我大為驚奇：「你打算將你的衣缽……你的巫術……傳給一隻狗？」

巫王道：「不，等時機成熟了，伊安自會恢復人形，到時候，他就是美非兩大洲的巫術領袖。所以，伊安跟你走這一趟，對他自己的閱歷，也是大有幫助。」

我突然想到一件事：「可是伊安跟我走了，小鄧肯會很傷心的。」

巫王冷笑一聲：「你果真宅心仁厚，不過這件事，你白操心了。」

我問道：「為什麼？」

巫王道：「因為鄧肯不會知道這件事。」

我直截了當地道：「我不懂。」

巫王的口氣，透著明顯的無奈，道：「為了約束伊安的行動，我必須先替他創造一個主人。」

我感到萬分詭異：「什麼，鄧肯居然是你創造的？」

巫王道：「當年，附近海域又發生船難，我從漂來的童屍中，選了一個俊美的小女孩，將我的生氣，灌了一點給她。」

我驚叫道：「借屍還魂？」

巫王道：「只要有借有還，就不算逆天行事。如今伊安交給你，她可以功成身退了。」

我倒抽了一口涼氣：「你的意思是，鄧肯她……不久就會……還是現在已經……」

巫王道：「你若有心，離去之前，可將她從海邊抱回來，葬在這座土丘上。」

我突然有一股莫名的悲憤，叫道：「既然你是法力無邊的巫王，既然你的魂魄已經甦醒，既然百慕達三角就在你身旁，你為何不能制止這些災難？」

巫王重重嘆了一口氣：「此事說來話長，別以為我沒有努力，只是談何容易！三五十年之後，再來論斷我的功過吧。」

這番奇異的對話，雖然解答了我心中諸多困惑，但也產生了不少新的疑問。我正準備繼續問下去，巫王卻道：「既然你已決定採用反行術，那就事不宜遲。我已經解除了近海的禁制，今天下午，應該就會有船從北邊來，至於如何求救，就不需要我教你了。」

我知道巫王已經在下逐客令，趕緊利用最後一點時間，問了最後一個關鍵問題：「既然反行術要以巫師島為起點，那麼我如何確保，那艘船會直接將我送到海地？」

巫王的聲音，聽來已經越來越遠：「有伊安在你身邊，你還擔心這種小事？」

然後，我就像做了一場夢一樣，突然醒了過來。

我立刻發足狂奔，一口氣衝下土丘（管他媽的螺線不螺線），隨即又衝出叢林，來到了我初遇鄧肯的海邊。原本，我還抱著一絲希望，巫王或許會回心轉意，讓鄧肯繼續活下去，或者，至少給我一個跟她話別的機會。

無奈事與願違，在海灘等待我的，竟是小鄧肯的冰冷屍首。更令我傷心的是，她生前的可愛模樣，完全不復存在，儼然一具在海水中浸泡多時的浮屍。

伊安則乖乖趴在她身邊，像是在為這位小主人守靈。

我連忙將她抱起來，快步走回土丘，利用樹枝挖了一個坑，草草將她埋葬。我紅著眼眶，暗自默禱，期望巫王的法力，能令她的靈魂，得到永遠的安息。

然後，我在北岸生起一把火，開始等待前來「救援」的船隻。那場暴風雨已經停止，附近海域天氣很好，能見度相當高。我極目四望，不久果然看到，海天交界之處，先是冒出一縷輕煙，然後出現一根煙囪，幾分鐘後，一艘輪船的輪廓，終於映入我眼中。

我連忙將準備好的椰樹葉浸濕，蓋在火焰上，以產生更濃的煙。

半小時不到，就有兩名海員，划著救生艇，將我和伊安帶離了這座「無人荒島」。這時我已經知道，那艘輪船的目的地，正是海地的太子港。（不過至今為止，我仍然不確定這到底是巧合，還是巫術的作用——我寧願相信是前者。）

在航向海地途中，我已經想好了接下來的計畫。抵達太子港之後，我花了兩天時間，做好了充分的準備，包括請我開的那家貿易公司，從香港匯一筆旅費給我。

當初，我在前往巫師島之前，曾在海地山區，四處尋訪巫王的下落，因此我原本打算，要在這個國家，沿著我曾經走過的路線，倒過來走一遍，然後才離去。但我轉念一想，巫王告訴過我，凡是沒有明玫出現的地方，只需要象徵性繞一圈即可。

話說回來，「象徵性」是個十分籠統的說法，所以我有些猶豫不決。

後來我靈機一動，想到既然這趟旅程，是由伊安負責施術，我不妨問問他的意見。於是，我開始試著和伊安溝通。

至於要如何溝通，我自己也毫無概念，可是在我想來，伊安既然是「靈犬」，多少應該聽得懂人話。我隨即將心中的疑問，對他說了一遍。

我在說話的時候，伊安乖乖地望著我，和任何忠狗沒有兩樣。可是我說完之後，他依然乖乖地望著我——其實，這也和任何忠狗沒有兩樣，只不過大多數的主人，都一廂情願地相信，自己的愛犬聽得懂人話，至少聽得懂主人說的話。

我怔了一怔，不禁有些擔心，如果伊安連話都聽不懂，還能有什麼了不起的法力？可是不一會兒，我就在心中，向伊安鄭重道歉，因為我剛才對他說的，竟然是一句中文，伊安聽不懂，是理所當然之事。

我開始尋思，伊安的母語究竟是什麼語言？或許是英語、法語或西班牙語，不過更有可能，是加勒比海群島的某種方言。

不料我一一試過之後，伊安卻始終不為所動，仍舊吐著舌頭，搖著尾巴，在我面前作可愛狀，活脫一隻平平凡凡的獵狗。

這時我突然想到，莫非變成獵狗的伊安，只能以一隻普通獵狗的方式，和人類溝通？

我雖然從小沒有養過貓狗（箇中緣由有機會再說），不過俗話說得好，沒吃過豬肉，也看過豬走路，我對於人和狗的溝通方式，自然並不陌生。

剛才提到過，不論狗兒多麼聰明，絕對聽不懂人類的語言。一隻訓練有素的狗，看來好像聽得懂人類的命令，其實只是一種假象。狗兒真正捕捉的訊息，主要是人類的手勢，以及其他的肢體語言，再來就是人類說話的口氣。

伊安可說是一隻懂得巫術的靈犬，這方面的能力，一定不在話下。

想到這裡，我立時做了一個實驗，伸手指向酒店住房的陽台，伊安隨即向那個方向看去，我便知道自己大概猜對了。除非一隻狗受過嚴格訓練，否則無論主人伸手指向哪裡，牠的目光只會盯著主人的手指頭，因為「方向」是個相當抽象的概念。

我又用食指，在半空畫了一個倒U字形，伊安立即會意，快步跑向陽台，轉了一圈，然後回到我身邊，銜著我猛搖尾巴。我連忙蹲下來，輕輕拍了拍他的頭，表示對他的誇讚，伊安如今既然是「狗身」，自然能夠體會這種肢體語言。

可是接下來，我必須和伊安討論更抽象的問題——我能否直接離開海地，還是必須在山區，以反行的方式，繞上一大圈？這樣的問題，又該如何用手勢溝通呢？我甚至突發奇想，試了幾種聾啞手語，結果伊安當然看得目定口呆。

後來我有點不耐煩了，賭氣似地取出一張大型世界地圖，攤在地毯上。伊安似乎覺得很新奇，自動靠了過來。我伸出食指，在地圖中「太子港」的位置點了一下，然後拍拍自己的胸膛，又拍了拍伊安的頭，伊安隨即輕吠兩聲，表示瞭解我的意思。於是，我又將食指按在太子港的位置，隨即迅速拉開，一路向東滑去，最後停在非洲西岸。

我抬起頭來，望著伊安，雖然明知他聽不懂，我還是問了一句：「伊安，可以直接這樣走嗎？」

伊安又輕吠了兩聲，顯然表示並不反對。可是，我為了保險起見，又在地圖上，描述了另一種路徑，我用食指在海地境內，先繞了好幾圈，然後才拉向非洲。

這回，我尚未抬起頭，伊安已經狂吠不已，彷彿一隻家犬，突然發現闖空門的小偷。

我不禁自言自語：「太好了，咱們儘快上路吧！」

次日上午，我就帶著簡單行李，牽著伊安，搭上前往非洲的客輪，啟程前往「反行之旅」的第二站。沒錯，不是飛機，而是客輪，因為在那個時代，整個加勒比海，都還沒有直航非洲的班機。

我當然可以先飛到美國，然後轉飛非洲，可是這樣一來，就並非循著原先的路線反行。事實上，我也曾就這件事，徵詢過伊安的意見。我照例在地圖上，畫出一條經由美國轉機的路線，結果不出我所料，伊安齜牙咧嘴，狂吠了一兩分鐘。

我曾經半開玩笑地想，伊安反對這條路線，到底是出於巫術的理由，還是因為他知道，如果坐飛機，自己會被關在貨艙中？如今決定坐輪船，他能和我一起享受頭等艙的待遇，對他而言，當然是天壤之別。

從加勒比海到西非的航程，總共要花十來天。好在時間還很充裕，我樂得利用這段海上時光，好好休息一番，過去大半年來，我的心情從來沒有這樣輕鬆過。

這趟航行，也給了我和伊安培養默契的最好機會。每天，我都會花上好長的時間，嘗試和他進行各種溝通，不時有驚人發現，後面若有必要，我會再詳細說明。

當然，更多的時候，我都坐在甲板上，望著無盡的海水，遙想著尋訪巫王的種種奇遇，以及巫術世界的神秘莫測和博大精深。我越想越覺得，巫術太過不可思議，我屢屢嘗試用科學解釋之，幾乎總是隔靴搔癢，甚至牛頭不對馬嘴。

如今，撰寫這段文字之際，已是四十多年之後，我對巫術的認識和瞭解，自然遠遠勝過當年。所以接下來，我打算用今日的觀點，談談我對巫術的看法和想法。

我曾經聽過一句耐人尋味的話：足夠先進的科技，皆無異於巫術或魔法。姑且不論這話是否太過武斷，可是無論如何，至少對我而言，過去幾十年來，隨著電腦科技不斷進步，的確令我對巫術世界，有了更深入、更明確的認識。

最明顯的例子，就是巫王傳授給我的這套反行術。當年，我在大西洋上，利用我從小到大所學到的科學，以及半年多來所吸收的巫術知識，雖然勉強想通了這套巫術的道理，可是仍然感到懵懵懂懂，無法一針見血說個清楚。

直到二十世紀末，我在電腦文書軟件中，發現一項令我拍案叫絕的功能，才終於想到如何將反行術，講得清清楚楚、明明白白。

這項絕妙的功能，通常稱為ＵＮＤＯ（想必還有別的說法）。原來，當你在製作一個檔案時，電腦會將每個步驟，默默記錄下來，如果你做到一半，突然反悔了（例如想將刪去的一段救回來），那麼只要不斷執行ＵＮＤＯ這個功能，就能將檔案帶回之前的狀態。

在我看來，這無異電腦世界中的反行術。

事實上，電腦和巫術相通的例子還真不少。比方說，古今中外的巫術，都有個共通的邏輯，那就是所謂的「類比律」。這個邏輯的中心思想，可簡稱為「模仿即實有」，也就是說，在巫術發揮作用的情況下，只要做出模仿行為，即可出現實質的效應。

類比巫術的例子，可說多到不勝枚舉。例如各種惡毒的詛咒，從「不得好死」的咒罵，到剪一個小紙人，寫上仇人的名字（《紅樓夢》裡就有一段生動的描述），處處可見類比律的影子。當然，類比律在白巫術中也不遑多讓，例如倒過來貼的「福」字，就是最明顯的例子。

歸根究柢，這種類比巫術的起源，是由於大多數人相信，冥冥之中自有一股力量或作用，能將模仿的動作或言語，付諸實現，成為真實事件。

可是很少有人注意到，在電腦網路所構成的虛擬世界中，類比律早已大行其道。你在網路上所做的「虛擬行為」，大半能藉著科技的力量，轉變成真實的行為，有時還會讓你付出可觀的代價，甚至惹來殺身之禍——我真的讀過一則新聞，有個少年因為在虛擬遊戲中「殺人如麻」，結果「苦主」找上門來，令他血濺網咖！

我的一家之言，到此為止，趕緊再回到當年那艘客輪上。當時，我對反行術，也著實做過一番分析，結果發現這套巫術，十分符合巫術的兩大金科玉律——類比律和接觸律。

所謂的接觸律，要比類比律更容易解釋。隨便舉兩個最簡單的例子，護身符必須戴在身上，才能發揮護身作用，擺在家裡供著，恐怕就鞭長莫及了；同理，剛才提到的那個「福」字，如果不貼在門上或牆上，保證無法保佑你家「春滿乾坤福滿門」。

在這套反行術中，接觸律的部分，自然是指我和伊安，必須親自抵達各個地點，巫術才會發生作用。至於類比律，則蘊含在「反」這個字裡面，誠如要解開一串繩結，必須和打結的順序相反——正因為如此，這趟反行之旅的路線和順序，也就格外重要，絕對不能弄亂，否則後果不堪設想。

因此，我在航行途中，將自己過去近三年的足跡，仔細回憶了一遍，並畫了許多草圖，然後根據這些草圖，開始規劃未來的路線。（以下文字，或許有點瑣碎，沒有興趣的朋友，大可直接跳到下一章。）

第一張草圖，是我過去兩個多月間，在歐洲和非洲尋訪巫師的路線。根據這個路線，我們在象牙海岸上岸之後，要沿著非洲西岸北上，最後在摩洛哥渡過直布羅陀海峽，來到西班牙。然後，循著當初我在歐洲所走的路線，倒過來走一遍，等到歐陸部分走完之後，再來到英倫三島，最後在倫敦搭機，飛回香港。因為當初我從香港出發，抵達歐洲的第一站，就是我相當熟悉的倫敦。

第二張草圖，則是我去歐洲之前，一兩個月的行蹤。那段期間，我大多在香港，但有幾天的時間，去了一趟馬來西亞的檳城，尋訪那位華裔降頭師。所以，當我和伊安從英國飛回香港後，再隨即去一趟檳城，就算完成了象徵性儀式。

第三張草圖，共有三個目的地，依序是美國的哈佛醫學院、英國的愛丁堡醫學院，以及德國的柏林醫學院。因為我在決心移除心蠱之初，曾在這三家醫學院附設的醫學中心，當了一個月的白老鼠，所以這次反行，我得依照相反順序，再逐一造訪一遍。

第四張草圖，對應到《妖火》這個事件，那是我在白素赴歐之後，一段出生入死的經歷。這件事，原本只是我受一位富商之託，調查其獨子的失蹤案，沒想到我一路追查下去，竟發現在西太平洋海底深處，隱藏著有史以來最強大的軍事力量。他們以一座海底城為秘密基地，勢力滲透到全球各個角落，好在邪不勝正，他們終究自食惡果（我並不敢居功，真正的功臣，是富商的獨子張小龍，若非他捨生取義，絕對無法粉碎海底城）。

在那次事件中，我曾兩度前往那座海底城。所以說，我和伊安從哈佛回來之後，還得往返那片海域兩趟——我絕不敢說，第二趟是多此一舉——好在不必真正潛入海底城內。

我在畫第五張草圖的時候，心中百感交集。因為這張圖上的路線，大多是我認識白素之初，在香港和菲律賓海域，和白素共同留下的足跡。在那段經歷中，我和白素從敵對狀態，逐漸相知相愛，幾經波折，最後終成眷屬，其中的點點滴滴，酸甜苦辣，彷彿都藏在這張草圖之中。

所以，我必須根據這張草圖的路線，和伊安去一趟菲律賓的泰肖爾島。當初我和白素等人離開的時候，那裡發生了強烈的火山爆發，說不定整座島都已經陸沉了。不過，即使泰肖爾島果真消失無蹤，其實也沒關係，因為外面還有一圈環形礁石，一定不難找到。

第六張草圖，是《蜂雲》這個事件的路線圖，照例由香港出發，目的地是印度西邊的巴基斯坦共和國，也就是我的老友G先生的故鄉。當年，我信守對G的承諾，在兩三本書中，都刻意不提他是哪國人，只是隱約提到，這個國家是亞洲的一個小國，但對核武有著強烈的興趣。如今事過境遷，巴基斯坦加入核武俱樂部也已將近十年，我理應將之公諸於世，讓真相大白，相信G在天之靈，也一定會同意的。

（有不少讀者問我，在這個故事中，我曾以假死的方式，藉著天葬脫逃，可是為何我的「遺體」，並沒有被天葬師敲得粉碎？答案很簡單，印巴地區帕西族的天葬風俗，和藏人很不一樣。）

第七張草圖的路線，可說壯觀之極，從香港出發，先到檀香山，然後經過南太平洋的托克勞島、斐濟島和紐西蘭，再一路延伸到南極。沒錯，那正是我第一次的南極之旅。對一般人而言，有機會去一趟南極，已是人生中難得的經驗，可是那一次，我不只抵達南極而已，還搭乘外星人遺留下來的交通工具，深入地心洪爐之中。對了，之前提到，我曾在南極殺過一頭北極熊，就是這趟南極之旅的插曲。

所以，從巴基斯坦回來之後，就趕緊跑一趟南極吧。好在當初邀我去南極的那位科學家，目前仍在那裡從事研究工作，我這第二趟的南極之行，不愁沒有人接應。

第八張草圖，則畫著一趟埃及之旅。那是在《透明光》這個故事中，我為了替王彥夫婦，尋找透明光的解藥，而遠赴埃及的路線圖。那趟旅程凶險之極，我不但和世界頂尖職業殺手，做了一場你死我活的對決，還在萬般不得已的情況下，和阿拉伯世界的第一快刀，舉行了一場絕非點到為止的比試。

第九張草圖，是我在日本和美國的一場冒險，事件的主角是藍血人方天。這場冒險的最高潮，是潛入美國本土的火箭基地，利用ＮＡＳＡ的遠航太空船，將方天送回故鄉土衛六。所以根據反行的規則，我和伊安必須先去一趟佛羅里達州，然後再前往東京和北海道。

至於第十張草圖……

10

第十章

墓園

在一個春寒料峭的清晨，我牽著伊安，來到了明玫墳前。從今天開始，我的反行之旅，進入了最後也是最艱難的階段。因為根據巫王的說法，凡是明玫和我共同出現過的地方，我在反行之際，必須一絲不苟，不能再點到為止。

離開巫師島至今，已經整整兩個月，這段期間，我和伊安，克服了一切艱難險阻，終於將前面九張草圖的路線，從頭到尾走了一遍。如果計算直線距離，足足能繞地球好幾圈。

這趟怪異之極的旅程，自然不太可能一帆風順，甚至可說風波不斷，什麼稀奇古怪的事都發生過。好在我和伊安，越來越合作無間，每次總是有驚無險。

由於我對巫術，僅有理論上的瞭解（當然也只是皮毛），所以對於旅程中的一些遭遇，我頂多一知半解，只能根據伊安的反應，猜測那些莫名其妙的事故，和巫術應該脫離不了關係。

在這趟旅程中，伊安表面上是我的寵物，然而事實上，他的角色重要之極。唯有他毫不間斷地作法施術，才能讓這趟反行之旅，發揮巫術上的作用，讓我的心蠱逐漸「歸零」，擺脫明玫所產生的影響。

至於伊安是如何作法的，我始終不甚了了，因為根本看不出來。當初在巫師島，鄧肯曾告訴我，當年伊安和巫王鬥法，陣仗相當嚇人，可是如今他化為狗身，一來無法揮舞任何法器，二來無法唸出任何咒語，三來也不可能大跳巫舞。難道說，在巫王教導下，伊安的巫術已經達到「無招勝有招」的境界？或許，他分分秒秒不間斷地作法，就如同時時刻刻都在呼吸一樣自然？

不過，我從來沒有以任何方式，向伊安求證過這個想法。我牢記巫王的警告，千萬不要質疑一位巫師。

話說回來，我偶爾還是難免好奇，偷偷觀察伊安的行為舉止，想看看他和普通的狗兒，究竟有何不同之處。不久我便發現，最大的不同，就是他的一雙眼睛。

雖然他的眼睛，就獵狗而言毫無異狀，可是我越看越覺得，那雙眼睛深處，蘊藏著神秘的力量，彷彿多看兩眼，便會被它催眠。我不禁猜想，伊安化為狗身之後，他所有的法力，都集中在這雙眼睛裡面，因此其他部分，都和普通的靈猩獵犬，沒有任何分別。

無論如何，伊安既然是巫王的嫡傳弟子，由他包辦這趟旅程的巫術部分，我感到十分放心，因此過去兩個月，我將大部分的心思，都放在旅程的安排上。由於有時間上的限制，這趟反行之旅，必須在八十一天內完成，所以我從西非開始，便絞盡腦汁，設法利用各種交通工具，安排最迅速、最有效的行程。

有時我不禁自嘲，自己和世界名著《環遊世界八十天》中的男主角，頗像一對難兄難弟。然而最大的不同是，他如果無法在八十天內，環遊世界一周，頂多輸掉二萬英鎊外加一世英名，絕不至於性命不保。

所以說，我所承受的壓力，要比那位佛格先生大得多。雖然表面上看起來，我像個牽著愛犬遨遊四海的紈袴子弟，實際上，我每天都在馬不停蹄地趕路，沒有任何心思，瀏覽沿途的風景。

不過，在這趟旅程中，還是出現了許多意想不到的事故，以致節外生枝，耽誤了我們不少行程。

這些事故，有些難免是因我而起，可是絕大多數，都和我並沒有直接關係。換句話說，絕大多數的事故，其實都和伊安有關，也就是和巫術有關。

凡是因我而起的事故，幾乎都不難解決。比方說，我們在菲律賓的時候，遇到了一群胡克黨餘孽，他們認出我來，要我為搗毀他們的大本營付出代價。於是自然有一番惡鬥，而惡鬥的結果，自然是他們被我打得落花流水，當場跪地罰誓，從此再也不敢找我尋仇。

或許，其中最為「驚險」的一樁，要數我和伊安，剛渡過直布羅陀海峽，抵達歐洲的第二天。當時，我們正準備從馬德里，搭火車前往東歐，沒想到竟然在馬德里南區車站，撞見了白素和她的父親白老大！由於這趟旅程，我並不認為有喬裝改扮的必要，所以險些被父女倆認了出來。好在我急中生智，模仿川劇的「變臉」手法，在半秒鐘內，將自己的容貌，勉強做了些改變，同時將眼球上翻，扮作一個牽著導盲犬的瞎子，才胡亂蒙混了過去。

至於伊安所惹的麻煩，可就沒有那麼簡單了，剛才說過，凡是和他有關的事故，一律和巫術有密切關聯。雖說都有驚無險，但還是有幾樁，值得提一提。

我在第一章曾經提到，之前造訪過不少歐洲的巫術聖地。所以這趟反行，伊安必須陪著我，以相反的順序，將這些聖地，逐一再巡禮一遍。

這些巫術聖地，大多已經成為遺址或廢墟，可是巫術的力量，想必並未完全消散，因此伊安來到這些地方（甚至只是接近），都會有十分強烈的反應。而且，連我都看得出來，他對不同的聖地，有著不同的反應，有時表現得很興奮，有時則像是渾身不舒服，只是硬著頭皮陪我走這一趟。

以我對巫術的粗淺認識，我猜這是因為，巫術的力量分為許多種（絕對不只單純的「黑白」或「善惡」），不同的力量，難免起著相生相剋的作用。即使伊安已經繼承了巫王的無上法力，仍舊逃不掉這條巫術上的鐵律。

然而，當我們造訪歐洲最古老的巫術遺址時，伊安的反應，卻令我一時搞不清楚，那裡的力量，對他究竟是相生還是相剋。

這個遺址位於英國南部，一般稱為「巨石陣」，是由許多巨型的沙岩，組成ㄇ字形單元，所排出來的一個圓形陣列。

這座巨石陣的由來，有許多不同的說法。根據考古學家的研究，它是英國人的祖先，從五千年前開始，花了一千多年的時間，陸陸續續堆成的。主要的作用，應該和天文曆法脫離不了關係。雖然它的規模，比不上埃及的大金字塔，但工程的難度，卻是不遑多讓。

然而，長久以來，歐洲巫術界普遍流傳著另一種說法，認為這座雄偉古樸的建築，乃是有史以來最有智慧的一位巫師——圓桌武士故事中的梅林——利用魔法所建成的。

我固然不相信梅林真有那麼大的法力，可是，根據我對巫術史的瞭解，巨石陣絕對和當地的原始巫術，有著十分密切的關聯，並非一座古代天文台而已。不過，當初我一個人來這裡的時候，自然無法做進一步的驗證。

可是這一次，有伊安在我身邊，情況就完全不同了。事實上，在我們出發之前，伊安光是看到巨石陣的地圖和照片，就忍不住狂吠不已。

等到我們真正抵達之際，伊安的反應，更是出乎我意料之外。他在幾百公尺外，就拚命向前衝，速度之快，前所未有！我連忙提氣飛奔，沒想到很快就追不上。我本想不顧一切，猛力將他拉住，腦海中卻迅速浮現伊安身首異處的畫面（我就不信巫術能令他銅筋鐵骨），電光石火間，我一念之差，鬆開了狗鍊。

獲得自由的伊安，以不可思議的速度，開始繞著巨石陣奔跑。至少一百公尺長的圓周，他竟然每分鐘，能跑上七八圈！起初，我還擔心他會跑到脫力而亡，不料他越跑越興奮，絲毫沒有疲累的跡象，只是張大嘴巴，吐出火紅的舌頭，一面喘氣一面排汗。

我正嘖嘖稱奇之際，伊安突然不再單純繞圈圈，改為沿著石陣外圍來回穿梭。換句話說，他繞著石陣外圍的一圈巨石，跑出一條波浪狀的環形軌跡。

雖然換成了「障礙賽」，伊安的速度絲毫不減，甚至還有加速的趨勢。我看著看著，也不知是不是眼花了，竟覺得伊安的身影，逐漸模糊不清，彷彿同時出現在好幾處。我暗叫了一聲：難道他在練分身術？沒想到不多久，原本不連續的眾多身影，居然連成了一個圈，也就是說在我看來，伊安的身影，整整繞了巨石陣一周（這種畫面，大概只有卡通片才會出現）。

這時，我站在巨石陣正中央，望著化成一道連續光影的伊安，驚訝得說不出話來。我的腦海中，只剩下一個念頭，這究竟是什麼巫術？

正當我不知所措之際，眼前又出現更詭異的景象，一道猛烈之極的閃電，從地底竄出，隨即直上雲霄，帶起震天巨響。

請注意，我並沒有眼花，更沒有說錯，那道閃電的方向，真的是由下而上！

等到我的注意力，重新回到伊安身上，卻發現伊安（或說他的光影）所繞的圈子，陡然縮小了不少，可是速度並未因此減緩。如此又過了一會兒，再度出現一道由下而上的怪異閃電，緊接著，不出我所料，伊安變得更接近我了。

等到第三道閃電消逝天際時，伊安竟在同一瞬間，也消失無蹤！

由於氣氛實在太過詭異，我忍不住驚叫起來。可是，當我自己的叫聲停止之後，我卻聽到一陣狗吠聲——我立刻想到，是伊安遭遇了不知名的恐懼，在狂吠不已。可是我越聽，越不敢肯定那是不是伊安，因為那一陣陣淒厲之極的叫聲，充滿野性的呼喚，與其說是狗吠，不如說更像狼嚎！

這到底是怎麼回事？伊安究竟到哪裡去了？這古怪的嚎叫聲，又是從哪裡來的？

凡是看過巨石陣照片的朋友，想必都有印象，那是個相當空曠的遺址，並沒有任何封閉性建築，而巨石陣周圍，則是一望無際的平原，毫無視線的死角。所以說，伊安在我眼前，瞬間消失無蹤，只有兩個可能，一是他並未真正消失，而是突然變成透明（難道又是透明光的作用？），二是他被不知名的力量，轉移到了別的地方，甚至另一度空間。

假設那一陣陣的叫聲，確實是伊安發出的，那麼第一個可能性，就變得比較合理。於是，我強迫自己靜下心來，閉上眼睛，施展聽音辨位的內功心法，設法確定伊安所在的位置。不料我聽了半天，竟聽不出所以然來，那一連串毫不間斷的嚎叫，彷彿來自四面八方，而且分佈得極為平均——當時環場音效還不普遍，否則我一定聯想到這個比喻。

我張開眼睛，呆立在巨石陣中央，不知道怔了多久。情況實在太詭異了，我根本毫無概念，當然更無法可想。在束手無策的情況下，唯一的辦法，就是只好靜觀其變。

於是，我開始了漫長的等待，整整三天三夜。這段時間中，我始終待在原地，不敢移動半步，生怕稍有動作，就再也聽不到伊安的叫聲，那豈不是連唯一的線索都斷了？

好在我受過嚴格的中國武術訓練，這三天三夜，我雖然餐風露宿，倒也沒有想像中那麼難過，因為大多數時間，我都盤腿而坐，運功調息。幸好那時已是隆冬，幾乎沒什麼遊客，否則當地政府很可能出動警力，將我當作嬉皮士驅離。

這七十幾小時的時光，令我感到最難熬的，並非吃不飽睡不好，而是耳畔連續不斷的嚎叫聲。這種尖銳的高頻噪音，和鼓聲的效應完全不同，不會引起人體任何共振，只會像一把銼刀，不斷折磨聽覺神經。我相信，如果身邊有幾隻白老鼠，不出兩天，一定通通暴斃。

但無論如何，我總算挺過來了。三天後的黃昏時分，我突然感到，嚎叫聲逐漸減弱，而且不再像環場音效。我趕緊收功，張開眼睛，果然看到伊安的身影，在我周圍不斷繞圈子，速度雖然還是很快，但至少能看清楚了。

我興奮地大叫：「伊安，快過來！」

伊安隨即在我面前站定，除了氣喘吁吁，看不出任何異狀。我情不自禁，將他緊緊抱在懷中，彷彿擁抱失散多年的親人。

我很想立刻弄清楚，這究竟是怎麼回事，無奈伊安不能口吐人言，所以事後，我用各種肢體語言，和他溝通了好幾次，才勉強猜出這件事的前因後果。

原來，這座巨石陣當初的功能，是吸引和積聚地底深處的能量，為當地巫師，提供作法所需。然而，自從三千年前，巨石陣遭廢棄之後，它積聚能量的功能卻並未終止，只是再也沒有任何巫師，從它那裡取出這些能量。每隔一段時日，巨石陣所儲藏的能量，達到飽和狀態，便會一口氣釋放出來，在人間造成重大災禍。這種情形，有點類似地球板塊之間的能量逐漸累積，最後導致地震一樣。

至於所謂的重大災禍，根據我的推測，並不是天災，而是大規模的戰亂。很可能自古以來，歐亞大陸上許多著名的戰爭，都和這座巨石陣釋放能量有關。

當天，我們抵達巨石陣之際，能量又已接近飽和，眼看就要爆發了。於是伊安毅然決然，施展一種特殊的巫術，將那些能量化整為零，分批釋放，花了三天三夜的時間，才終於功德圓滿。

（多年後，我才明白，伊安到底消弭了什麼人禍。當時，美國最有魅力的一位總統，剛剛遭到暗殺，但美國竟未曾出兵「懲罰」任何國家，對照九一一之後的史實，難免令人大惑不解。）

如此推想下去，伊安在完成這件艱苦任務之後，竟然沒有絲毫疲態，也就不足為奇了。原因很簡單，伊安自然像古代巫師那樣，將巨石陣所儲藏的能量，一部分取為己用，增強了自身的功力。所以說，伊安等於做了一件利人利己的善事，想到這裡，我便覺得自己這三天的煎熬，算不了什麼了。

然而，我們損失了寶貴的三天，卻是無法挽回的事實。於是接下來，我們加緊腳步，走完英國的行程，不久之後，就從倫敦搭機飛回了香港。

這時，是一九六三年十二月中旬。我剛下飛機，就在機場買了一份《明報》，看到《鑽石花》早已刊完，《地底奇人》則已連載了一百多天，和我臨行前的安排完全一樣，不禁鬆了一口氣。

過去三年多，不，應該說將近四年的時間，我雖然足跡遍佈全球，可是，由於我已定居香港，所以大多數的旅程，都是從香港出發，最後又回到香港。因此，我在進行「反行」的過程中，同樣是以香港為樞紐——從香港出發，最後又回到香港。

而在香港的日子，我自然將伊安帶回家裡，讓他住在地下室中。（其實，如果不是老蔡堅持不准，我一定會讓他住在客房。）（說來奇怪，老蔡和伊安，似乎天生八字不合。我第一次帶伊安回家，他一見到老蔡，便齜牙咧嘴，頗有敵意，老蔡則頻頻威脅，要將伊安煮成一鍋上好的香肉。）

接下來一個多月的時間，我按照原定計畫，帶著伊安，陸續反行這幾年間的各個旅程，雖然途中風波不斷，但每次回到香港，總是能過一兩天平靜日子。

唯一的例外，是我們從南極歸來，準備前往埃及的前夕。當天晚上，我照例將大大小小好幾張地圖，攤在書房地板上，和伊安一起研究埃及之旅的路線。不久我就覺得，伊安顯得有些焦躁，這時我才發現，坐立不安這句成語，居然也能用在動物身上，而且十分貼切。可是伊安究竟為何坐立不安，我卻百思不得其解。

當我將伊安送到地下室的時候，他的情形似乎越來越嚴重，開始發出嗚嗚的吠聲。據我所知，狗兒只有在遇到極大的恐懼時，才會發出這種低鳴。

我不忍離他而去，當天夜裡，乾脆陪他睡在地下室，希望能夠安撫他的情緒。結果，他的嗚嗚聲，始終沒有斷過，令我幾乎徹夜難眠。

既然無法成眠，我索性開始尋思，究竟是什麼原因，讓伊安表現得如此失常？想來想去，唯一的答案，就是明天的埃及之行！

在此之前，伊安從未去過埃及，可是，對一隻狗而言，埃及又有什麼可怕的？不，應該說，身為巫王的大弟子，埃及又有什麼可怕的？

我明白了，一定還是和巫術有關！

這時我忽然想到，好像所有談論巫術史的書籍，都公認埃及是西方巫術的發源地。不過，當初我在小寶圖書館苦讀之際，對這一類說法，看過就算，並未太過認真。因為在我看來，埃及既然是西方文化的源頭（連拼音字母都能遠溯到埃及的象形文字），那麼作者難免想當然耳，認為西方巫術同樣發源自埃及。

我又聯想到，所謂的西方巫術，想必泛指歐洲和阿拉伯地區的巫術和魔法，並未涵蓋非洲內陸，也沒有包括美洲原住民的巫術。換句話說，和巫王所修練的巫術，屬於完全不同的系統。

我還記得，在巫師島上，巫王曾告訴我，兩種不同系統的巫術力量，一旦起了衝突，會造成不可測的後果，連他都難以出手搭救。

既然連巫王都這麼說，那麼伊安的恐懼，似乎就有點道理了。所以我的初步結論是，姑且相信埃及真是西方巫術的源頭，那麼，雖然古埃及的巫師都已成了木乃伊，可是巫術的力量，卻不會輕易消散，或許伊安有預感，我們將在埃及，遇到令他感到恐懼的巫術力量。

想到這裡，我立刻衝到二樓書房，取了幾本介紹古埃及文明的書籍，再匆匆跑回地下室，坐在伊安旁邊，開始查閱其中有關巫術的內容。

這幾本書，雖說不是關於埃及巫術的專門著作（那種冷門書，只有小寶圖書館才有），可是對於這個題目，多少還是提到了一點。這回，我收起輕蔑的心態，一個字一個字仔細推敲，不久之後，就對古埃及的巫術，有了大略的認識。

原來，古埃及文明有個特色，巫術和宗教幾乎可以畫上等號，這是和其他古文明，最大的不同點。事實上，在古埃及的多神信仰中，無論日月星辰、山川大地，都各有各的神祇，即使巫術也不例外，而且那位巫術之神，地位和輩分都極其崇高。

據說，就連埃及象形文字，都和巫術脫離不了關係。古埃及人相信，每一組象形文字，對應一種特殊的巫術力量，可以為善（趨吉避凶、治療疾病），也可以作惡（詛咒、下毒等等）。其中最著名的，莫過於許多金字塔裡面，以象形文字寫成的法老詛咒。

可是，讀完這幾本書，我對於伊安究竟在畏懼什麼，仍然一頭霧水。於是，我把心一橫，決定冒險做個實驗。我將其中一本書，舉到伊安面前，翻到有關象形文字的章節，讓他看看幾張石刻咒語的照片，沒想到伊安竟然無動於衷，並沒有任何反應。

我一不做二不休，索性將那幾句咒語，根據象形文字的發音，一一唸了一遍，可是伊安仍舊不為所動。

所以說，伊安似乎不怕這些古老的埃及咒語，那麼，他到底在怕什麼呢？第二天，我帶著這個疑惑上了飛機，一路上多少有些心神不寧，只好藉著烈酒，勉強入睡。伊安當然不能坐在我旁邊，只好照例讓他在有氧貨艙裡委屈十幾小時。

好在飛抵開羅之後，伊安就不必再受這種罪了，因為接下來，我打算租一架小飛機，自己飛到目的地。在我自己駕駛的飛機上，伊安當然要享受ＶＩＰ的待遇——話說回來，在一架螺旋槳小飛機裡面，最尊榮的位子，也只是坐在駕駛員後面而已。不過這個時候，伊安已有豐富的飛行經驗，我相信即使帶著他跳傘，他也不會皺一皺眉頭。

抵達開羅的當天下午，我已經載著伊安，向此行的第一個目的地飛去。

大約兩年前，我為了《透明光》這件事，來到埃及之後，以開羅為轉運站，總共去了兩個地方。其一是開羅南方七百公里的阿斯旺市，因為當初，身為水利工程師的王俊，就是參加阿斯旺水壩工程，才挖出了那個惹禍的黃銅箱子，害得他的弟弟和弟媳，雙雙成為透明人。

（兩年後，水壩雖然尚未竣工，但王俊早已請辭，離開了傷心地。不過據我所知，白素的哥哥白奇偉，自從「改邪歸正」之後，重新回到他的水利工程本行，參與了幾項國際性的大工程，阿斯旺水壩當然也包括在內。話又說回來，即使這時白奇偉真的在埃及，我也不便去找他。）

其二，則是沙漠中的一座古城。當年，在這座古城附近的金字塔中，我找到了「反透明光」，不料人算不如天算，當我將發射反透明光的盒子帶回香港之後，不但沒有令變成透明人的王彥夫婦恢復正常，還害得他們從此人間蒸發。如今，四十多年過去了，他們就像祝香香一樣，始終沒有任何音訊。我將這個未解的懸案，稱為「真空密室之謎」，並視為終身憾事之一。

所以說，這次我和伊安，必須先從開羅，去一趟那座古城，在返回開羅後，再往返一遍阿斯旺水壩。

根據原先的計畫，我們只要在這兩個地點降落，徒步走一陣子，就能完成象徵性的反行儀式。因為，當年這趟埃及之旅，同樣沒有明玫參與。

但由於出發前夕，伊安表現得十分反常，我一路上戰戰兢兢，幾乎可說草木皆兵。結果，我們花了兩天時間，往返了那兩個地點，竟然都相當順利，並未遇到巫術上的異常狀況，而伊安的表現也很正常。這時，我總算鬆了一口氣，看來伊安是多慮了，這個巫術發源地，並沒有給我們帶來任何麻煩。

不料，正當我們離開酒店，搭車前往機場之際，伊安突然又顯得焦躁不安，而且越來越嚴重，簡直像發了瘋一樣。

這時，我們一起坐在計程車的後座，我因為怕嚇著司機，將伊安緊緊抱住（如果不是我承諾多付小費，司機早就趕我們下車了）。然而，伊安卻拚命掙扎，力量大得驚人，我得花九牛二虎之力，才能勉強抓住他。

老實說，我並不怕伊安的尖牙和利爪，可是萬一他兇性大發，對我或對司機施展巫術，那情況就不堪設想了。

我急中生智，決定先下手為強，趕緊騰出右手，打開隨身行李，取出急救包，從裡面抓出一根空針筒，朝伊安的頸部，一針刺下。

果然不出我所料，伊安嗚了一聲，全身便軟了下來。我連忙扭轉針頭，增強刺激，不久之後，他就閉上了眼睛。

我立即吩咐司機，改變行程，就近找一家獸醫院。沒想到開羅雖然是首都，我們卻花了至少兩小時，才找到一家簡陋的獸醫診所。

這兩小時的時間，我如坐針氈，生怕伊安突然醒轉，會一發不可收拾。我唯一能做的，就是抓緊那根針筒，輪流使用兩三種手法，來保持「針灸麻醉」的效力。

沒錯，我雖然就地取材，抓了一根注射針筒，但我令伊安昏迷的方法，卻是標準的針灸術。不過話說回來，這種針灸麻醉手法，原本早已失傳，直到最近幾年，才重新發展出來。我因為對中醫的興趣始終不減，所以特別留意這類新聞，自從知道中國大陸的中醫界，開始研究針灸麻醉，我嘖嘖稱奇之餘，一直在設法蒐集這方面的資料。

當時我心想，學會了這種神乎其技的針麻術，總有一天會派上用場。沒想到，這一天那麼快就到來，更沒有想到，竟然是用在一隻動物身上，而且效果十分顯著。

因此，當我將伊安，抱進那間小到不能再小的診所時，他仍處於半昏迷狀態。我將他放到一張桌子上，摸了摸他的頭，說了聲「對不起」，便趕緊吩咐獸醫，注射最強力的鎮靜劑。

所以說，接下來的旅程，伊安都在昏迷中度過。等到他甦醒的時候，已經安安穩穩，躺在我家的地下室了。

嚴格說來，他甦醒的時候，我並不在他身邊。我是聽到一陣淒厲的哀號，才匆忙從二樓，一口氣衝到地下室。

我剛衝進地下室，立刻倒抽了一口涼氣，第一個念頭，就是伊安真的發瘋了！

他竟然夾著尾巴，縮在牆角，渾身不住發抖，彷彿面對一個強大的敵人，而他已經逃無可逃，退無可退！

可是，我放眼望去，地下室中明明什麼也沒有！

難道又出現了透明人？但即使是透明人，也不該嚇得伊安屁滾尿流。除非這個透明人，在巫術造詣上，遠遠超過他。

情急之下，我也顧不得巫術不巫術，抓起一根齊眉棍，便在小小的地下室中，虎虎生風地舞了起來。不到一分鐘，我已經確定，這間地下室中，絕對沒有任何透明人或隱形人。

既然如此，伊安到底在怕什麼呢？我連忙來到他身邊，像哄小孩一樣，設法撫慰他的情緒。

接下來的變故，卻是迅雷不及掩耳，令我完全反應不及。

伊安突然從我懷中掙脫，以不可思議的速度，衝到樓梯口，猛然一躍，便消失無蹤。等到我衝上一樓的時候，哪裡還有他的影子！

伊安竟然棄我而去！

我一方面擔心他的安危，另一方面，也擔心若找不回伊安，我的反行之旅，就再也走不下去了。

於是我第一時間，透過各種可能的管道，重金懸賞，尋找我的「愛犬」。如今，協尋愛犬之類的廣告或啟事，早已屢見不鮮，可是四十多年前，為了找一隻狗，動用那麼大的人力財力物力，大概還是空前創舉。

足足等了一個星期，我才接到一通真正令我振奮的電話——在此之前，至少有上百通電話，聲稱找到了伊安，可是我根據電話中的描述，就知道是一場騙局。還有不少人，隨便牽一隻黑色獵狗上門，以為就能騙到賞金，這些可惡的傢伙，都被我好好教訓了一頓。

可是，今天這通電話，卻大不相同。打電話來的人自稱姓陳，是個愛狗人士，家中養了許多名種犬隻。根據他的說法，五六天前，有一隻像極了伊安的靈猩犬，闖進他家裡，就再也不肯走了。他在電話中還特別強調，這隻靈猩的眼睛大異尋常，似乎透出無比的智慧。

我問清楚了地址，立刻駕車飛奔，二十幾分鐘後，已經出現在他家門口（至於後來收到多少罰單，就不必多說了）。那是一幢極大的花園洋房，我將車子停在鐵門外，就能聽到陣陣的犬吠聲。

我下了車，還沒按門鈴，陳先生已出現在花園中，身邊跟了十幾隻大大小小的狗兒。他一面打開鐵門，一面道：「衛先生，不瞞你說，我看到廣告後，天人交戰了整整兩天，才打這通電話。」

我連忙問伊安究竟在哪裡，他順手指了指花園的一角。我顧不得有許多猛狗擋道，立時發足狂奔，衝向那個角落。

果然是伊安沒錯！伊安看到我，似乎也很興奮，衝著我不停搖尾巴。

我牽著伊安，走到門口，向陳先生告別，千謝萬謝之餘，當然不忘掏出預先寫好的鉅額支票。

陳先生卻板起了臉孔，道：「我可不是為了賞金，才打這通電話的。這麼說吧，衛先生若肯割愛，我付這個數的十倍如何？」

我這才明白，這位陳先生其實是大富豪，他穿得像個流浪漢，只是因為並不注重這些物質享受。（後來我跟他熟了，才知道養狗是他生平唯一的嗜好。）

我露出苦笑，緩緩搖了搖頭，陳先生兩手一攤，便關上了鐵門。

沒想到兩小時後，我又來到這扇鐵門之前。陳先生看到我帶著伊安回來，不禁喜出望外，在他想來，我一定是回心轉意，打算將伊安高價賣給他，不過很抱歉，當然不是那麼回事。

當我駕車載著伊安回家途中，一直在留意他的反應。伊安起初相當乖順，然而越接近我家，他就越坐立不安。我對於這種狀況，已經相當熟悉，為了避免再有閃失，連忙將車停在離家不遠的巷口。

然後，我就在車內，開始和伊安比手畫腳，試圖弄清楚，他的反常行為，究竟是怎麼回事。一小時下來，我所得到的結果，卻簡直少得可憐，唯一確定的一件事，就是伊安死也不肯再回我家。

不過，當我掏出紙筆，畫出前往美國和日本的路線（根據原定計畫，那是我們即將展開的旅程），伊安倒是並未表示反對。

於是，我當機立斷，載著伊安，回到了陳先生的豪宅，隨便編了一個藉口，請求他再收容伊安一兩天。

陳先生難掩失望的表情，卻很樂意再讓伊安在他家作客。伊安似乎也很喜歡他，不論陳先生怎麼摟怎麼抱，伊安都甘之如飴。

臨走前，我不忘囑咐陳先生，千萬別解開伊安的頸圈。結果陳先生的回答，令我捏了一把冷汗，他道：「放心，我試過了，怎麼解都解不開。」

我脫口而出：「你沒試著剪開吧？」

陳先生一陣臉紅，道：「我曾經想過，後來忍住了，因為我畢竟不是他的主人。」

我自己回到家後，以最快的速度準備就緒，第二天中午，就從陳先生的豪宅，接走了伊安，展開另一趟反行之旅。

那趟旅程的最後一站，是日本的北海道。伊安在那裡，又碰到了一點麻煩，這次是和真言宗的符咒有關，不過為了避免離題太遠，我決定表過就算，請大家見諒。

從北海道回到香港後，伊安依舊不肯回我家去，我只好厚著臉皮，請求陳先生再收容他一次。

我花了兩天時間，處理了香港的一些雜務，並為下一個最關鍵的行程，做好準備工作。第三天清晨，我起了個大早，接了伊安，便驅車來到明玫長眠的墓園……

⑪

第十一章

法國

對於伊安的反常行為，當年我百思不得其解。好在這場波折，最後總算喜劇收場，除了耽誤七八天的時間，並未造成其他損失，而且，我還因此認識了養狗專家陳先生，進而成了要好的朋友。

可是這個謎團，始終縈繞在我心中，時時刻刻折磨著我的好奇心。因為我一直相信，雖說巫術世界的一切，不能以常理度之，可是最基本的因果律，仍然應該存在。換句話說，我認為事出必有因，是永恆不變的真理，即使牽涉到巫術，也不可能例外。

然而，導致伊安失常的原因，究竟是什麼呢？當時，我根據手頭僅有的一點線索，無論如何拼湊不出真相，但在四十多年後的今天，再來回顧這段插曲，答案就顯而易見得多。

事實上，早在三十多年前，也就是一九七〇年代初，我心中已經有了底，應該是一頭三千多歲的怪貓惹的禍。只是那個時候，還有一些癥結，我並未完全想通，所以並未公開這個想法。

凡是熟悉我的老朋友，一定立刻會想到，我指的是哪隻怪貓，因為，我早已將牠的故事，整理成《老貓》這本書。其中，那位陳先生，也扮演一個重要角色。

用最簡單的方式來說，那隻怪貓，原本是三千多年前，生長在埃及的一隻普通黑貓，由於因緣際會，被外星人的腦電波入駐，從此長生不老，並擁有許多超能力。若以世俗的眼光來看，牠就是一隻懂得巫術、無所不能的妖貓。

但諷刺的是，身為「寄生物」的外星人，其實是在陰錯陽差的情況下，才誤投貓身，以致原本的能力大大減損。因此三千多年來，那外星人唯一的心願，就是想盡各種辦法，掙脫這個肉體的禁錮，重新成為一股來去自如的精神力量。

根據歷史記載，中古歐洲的民間傳說，幾乎將黑貓和巫術畫上等號，事實上，就是因為這頭老貓的關係。正因為如此，獵巫運動在歐洲興起的時候，許多無辜的黑貓，都成了牠的代罪羔羊。

想當年，我和這頭老貓相遇，一開始雙方劍拔弩張，後來逐漸化敵為友，過程曲折離奇，實在一言難盡，只好一筆帶過就算。可是，在此必須強調一點，《老貓》這個故事，發生在一九七一年初，換句話說，要比《移心》晚了七年。

然而，在《老貓》進行到一半的時候（說得更明確一點，是我抓住了這頭老貓，將牠關到地下室的那一刻），我已經隱約想到，伊安當年的反常行為，很可能和這頭老貓有關。

話說回來，如果只是單純假設，這頭老貓在和我正式遭遇的七年前，已經在我家附近出沒，以致嚇走了伊安，卻難免牽強了一點。因此我大膽假設，伊安當時的反常行為，是因為他忽然感應到了七年之後的事（或許是聞到了老貓未來的氣味）。換句話說，當天嚇得他屁滾尿流的，是七年之後，才會出現在同一間地下室的老貓。由於這頭老貓，功力或許比巫王還要高，伊安身為巫王的弟子，況且尚未「修成正果」，和這頭老貓相遇，自然像是老鼠見了貓。

這個假設，聽來或許不可思議，但是巫術世界的道理，原本便很難講得清楚。就這個例子而言，甚至連因果律都必須做點修正——和巫術有關的事，因果的順序，有可能顛倒，亦即先有「果」，然後才有「因」。

至於伊安為何早不感應，晚不感應，偏偏選在我們往返埃及前後，突然和未來的老貓產生了感應，則不難用傳統的因果律解釋之：因為埃及是這頭老貓的故鄉（或說那個外星人來到地球的第一站），很可能正是這趟埃及之旅，觸發了伊安對老貓的超時空感應。

可惜的是，七年後，當這頭老貓出現之際，我已無法直接向伊安求證。這當然是有原因的，問題就出在「反行之旅」最後也是最關鍵的一個階段。

當天清晨，我和伊安離開明玫安息的墓園之後，便驅車前往啟德機場，搭機飛往法國巴黎，然後轉到地中海的港市尼斯，從那裡乘坐渡輪，來到法屬科西嘉島北部的巴斯契亞鎮。我們這趟所走的路線，全部嚴格遵循將近三年前，我押送明玫的靈柩所行經的路線。巫王曾經特別交代，凡是我和明玫共同出現過的地方，都不能再用象徵性的反行方式。

巴斯契亞是個小漁港，渡輪靠岸之後，我立刻牽著伊安下船，開始步行。我們的目的地，是個很小的村子，叫作錫恩太村。

這時，我的心情有著極大的起伏，因為明玫當年，就是在錫恩太村，遭石軒亭暗算，吐血而亡！

走著走著，一幕幕的往事，在我眼前掠過，以致當我走進錫恩太村之際，已不禁紅了眼眶。

不久之後，我就憑著記憶，來到了明玫倒地不起的位置。想必是我的錯覺（還是巫術的作用？），我竟看到地面上，隱約有著一灘殷紅的血跡。

我立時蹲了下來，伸手撫摸這片血跡，耳際突然響起明玫臨終的遺言：「一切全都過去了……過去了……從今以後，我再也不會受人……騙了……」

我陡地怔了一怔，如今我自己所做的事，算不算也是對明玫的一種欺騙？想到這裡，我的思緒一團混亂，竟然蹲在原處，一動不動，不知不覺過了兩個鐘頭。直到夜幕低垂，我的心思才回到了現實世界。

這段時間，伊安一直善解人意地耐心等待，絲毫沒有催促我，令我不禁十分感激。

我在心中，默默向明玫說了一聲再見，猛然站起來，牽著伊安，頭也不回地大步離去。

我們在鎮上的銀魚旅館，住了一晚，第二天一大早，便租了一架直升機，從空中進行了一段反行，往返巴黎一趟，再回到巴斯契亞鎮，這才搭船離去，直奔下一個目的地——蒙地卡羅。

蒙地卡羅是歐洲的觀光勝地，豪華賭場尤其有名，以致很多人以為，蒙地卡羅是一座城市，其實並不正確，嚴格說來，它只是摩納哥這個「城市國家」城中的一區。摩納哥位於地中海岸的法、義邊境，是個名副其實的城市國家，面積之小，在全世界僅次於梵蒂岡，和同樣稱為城市國家的新加坡比較之下，兩者相差了三百五十倍。

當年，在《鑽石花》這個事件中，我曾數度來到蒙地卡羅，還曾經在當地第一流的酒店，和已經成為死神夫人的明玫，匆匆見過兩面。

所以這一次，我索性仍住在那家酒店，然後以蒙地卡羅為樞紐，將當年的行經路線，完全反過來走一遍。這些行程，包括往返幾趟尼斯，最後再回到科西嘉島的巴斯契亞鎮，細節就不一一贅述了。

唯一值得一提的是，我和伊安第一次去科西嘉島的時候，就隱約感覺到，有人在盯我們的梢。我立刻提高了警覺，等到抵達蒙地卡羅時，我已確定並非自己疑神疑鬼。

我第一個想到的，是科西嘉黑手黨的餘孽，發現了我們的行蹤。雖然這些手下敗將，我根本不放在心上，可是萬一給他們纏上了，總是一樁麻煩事。我不禁有點後悔，如果花點工夫喬裝改扮，就能避免這種麻煩了。

（傳統的黑手黨共有兩大陣營，可稱為科西嘉幫和西西里幫，當年我經過一番苦戰，幾乎徹底搗毀了科西嘉幫。後來，納爾遜就是以這個「功績」為主要理由，幫我申請到了國際刑警的特種證件。）

我告訴自己，事到如今，也只有走一步算一步了。如果能夠避免衝突，息事寧人，那當然最好，否則，我打算先下手為強，來個快刀斬亂麻，以免耽誤寶貴的時間。

所以，我一方面繼續原定的行程，另一方面，也展開了反盯梢的行動，暗中觀察和調查那個盯梢者，以求知己知彼。沒想到幾天下來，我越來越覺得，那個盯梢者，並不像傳統的黑手黨徒。

雖說黑手黨的穿著打扮和行為舉止，要比市井流氓「文明」得多，可是眉宇之間，多少有些暴戾之氣（這是所謂的相隨心轉，和面相術毫無關係）。可是我暗中注意了好幾天，怎麼看都覺得他滿臉書卷氣，十足像個中年學者。

可是，多年闖蕩江湖的經驗，令我牢記「人不可貌相」這句至理名言，所以我不敢有絲毫鬆懈，一直戰戰兢兢，隨時準備應付一場惡戰。

不過，直到我和伊安，再度離開科西嘉島之際，期待中的惡戰，始終沒有出現。登上飛往羅馬的班機之後，我不禁鬆了一口氣。因為，羅馬雖然也不乏黑手黨，但我和伊安根本不會離開機場，只要等上幾小時，我們就能轉機，飛往下一個目的地新加坡。這趟飛行，就巫術作用而言，剛好能「抵消」當年我從新加坡取道羅馬，首次來到科西嘉島的那趟行程。

不料班機快要起飛的時候，又有一名乘客衝進頭等艙，在我的正後方坐下。他不是別人，正是那個已跟蹤我好幾天的傢伙。

我突發奇想，莫非他想劫機不成？他故意坐到我身後，是為了先將我制住？他究竟有什麼本事？或是暗藏了什麼秘密武器？

但我立刻推翻了這個可笑的念頭，黑手黨不至於笨到做這種蠢事。

飛機起飛後，我決定先發制人，猛然站起來，換到了他身旁的空位，令他怔了一怔。我不給他冷靜下來的機會，一坐下，立即以法語道：「莫林先生，閣下的跟監技巧，似乎不太高明！」我故意叫出他在酒店登記的名字（雖然很可能是化名），當然是一種心理戰術，所謂的下馬威是也。

莫林似乎有點不知所措，乾咳了兩聲，結結巴巴道：「衛斯理先生，你真的誤會了。」

我聽出他的法語不算道地，問道：「你不是科西嘉人？」

莫林搖了搖頭，仍用法語道：「不是，我是從羅馬來的，但我也不是義大利人——」從他這兩句話的口音，我已經進一步斷定，他的母語很可能是德語，然而，這也代表他可能是奧國人，甚至荷蘭人，所以我不便亂猜。不料他接下來說的話，完全出乎我意料之外，他道：「我是梵蒂岡公民。」說完，他還特別掏出護照，在我面前晃了晃。

我立刻想到，梵蒂岡雖然是全世界最小的國家，國土不到摩納哥的四分之一，但由於是教廷所在地，它在國際上的影響力，卻堪稱超級大國。（事實上，在巫術世界，也有類似的情形，例如海地和泰國，在國際政治舞台上毫無地位，卻是巫術世界的超級大國。）

所謂的梵蒂岡公民，毫無例外都是神職人員，而且絕大多數，是天主教的高級神職人員。所以，當莫林說完這句話，換成我怔了一怔，但我轉念一想，這正好證明我之前的觀察，雖不中亦不遠矣。想到這裡，我這幾天對他的敵意，瞬間消失無蹤。

我清了清喉嚨，以恭敬許多的態度道：「失敬，失敬，我該稱呼你莫林神父嗎？」這句話，我已經改用義大利語來說。

莫林說起義大利語，果然比法語流利許多，道：「我的確擁有神父的頭銜，不過這趟任務，我的身份是教宗特使。」他又掏出一張華麗無比的羊皮紙，顯然是要避免口說無憑。

這時，我的驚訝又升了一級，不過心裡也有點不高興。說好聽點，這個莫林相當老實，甚至可說迂腐，不但有問必答，而且知無不言，言無不盡，可是如果說得難聽，他就是心高氣傲，開口教廷公民，閉口教宗特使，淨拿這些頭銜來壓人。

我當然不像他那麼不懂人情世故，索性給足他面子，道：「特使先生，我鄭重向你道歉，或許我真的誤會了。可是，你明明跟了我好幾天，不是嗎？」

莫林突然漲紅了臉，道：「真抱歉，我是不得已的。如果不是它一直在你身邊，我早就來找你了。」義大利文和英文一樣，「它」和「牠」是同一個字，在此我用前者，自然有道理，不久便會分曉。

我試探性地問道：「你所謂的它，是指陪我一起旅行的那隻狗？」這時，伊安當然不在我身邊，但莫林既然跟了我們好幾天，一定聽得懂我在說什麼。

沒想到，他露出一副古怪的表情，點了點頭，隨即又搖了搖頭。

我有點不耐煩了，管他是神父還是特使，催促道：「這有什麼難回答的？」

莫林答道：「說來話長，如果衛先生不介意，我想先喝點酒。」

於是，我們請空中小姐，送來兩杯葡萄酒，莫林足足喝了半杯，才再度打開話匣子。不過，他才說了兩三句話，我就不禁懷疑，這位神父是不是毫無酒量，以致半杯紅酒下肚，已經醉得不省人事。

因為，莫林竟然滔滔不絕，說起他的陳年往事，和我原先的問題，風馬牛不相及。

一分鐘之後，我忍不住揮了揮手，打斷了他的話，道：「特使先生，我們剛才談的，好像並不是這個話題。」
莫林一副不好意思的神情，苦笑道：「衛先生，看在天主的份上，請務必讓我把這番話講完。」
俗語說，不看僧面看佛面，在如今這種情況下，當然也能適用。我雖然感到莫名其妙，一時之間卻也不便發作。於是，我只好瞪著杯中美酒，擺出一副專心聆聽的模樣，實際上早已神遊物外，開始計畫新加坡的旅程。
然而，由於我並未捂住耳朵，多多少少還是聽到莫林在說些什麼。他從自己的大學時代說起，並且特別強調，那時的他，是個標準的無神論者，甚至是唯物論者。直到一個特殊的機緣，他得到了天啟，思想才猛然有一百八十度的轉變，當時，他正在荷蘭著名的萊登大學，攻讀物理學博士……
不知從什麼時候開始，我的目光逐漸從酒杯移了開，轉移到莫林臉上。因為莫林的敘述，越來越有吸引力，令我不知不覺聽得著了迷。
莫林獲得天啟之際，論文已經寫到一半，眼看就要拿到物理學博士，竟然在一夕之間，決定放棄這個學位。不久，他便進入神學院，一切從頭讀起。

由於他信仰堅定，智慧過人，自神學院以絕佳成績畢業之後，成為一名極優秀的神職人員。大約十年前，他被調到教廷任職，並且深受教宗器重。

莫林雖然放棄了物理學的學位，卻並未因為歸依天主，而喪失了研究物理的興趣，在神職工作之餘，他繼續鑽研物理，並且曾在全球知名期刊，發表過幾篇論文。他之所以受到教廷的賞識，正是由於他的一篇重要論文。

在這篇論文中，他討論如何利用最先進的物理儀器，測量各種超自然的力量。根據他的理論，無論那些力量是善是惡，是神是魔，都有可能找出客觀的證據。

他調到梵蒂岡之後，在教廷的大力支持下，成立了一間實驗室，繼續這方面的研究。十年來，當然有許多進展和突破，不過所有的研究成果，都被教廷視為極機密，從未公開發表。這一點，倒是和各國軍事實驗室的作風頗為類似。

然而，莫林天生是直腸子，當天在飛機上，他一時興起，透露了一兩項研究成果，我便嘖嘖稱奇不已。其中令我印象最深刻的，是他根據精密測量的客觀結果，居然將「善惡」和「美醜」，畫上了等號。

舉例而言，純水在結冰的過程中，如果經過特殊管道，接觸到代表「善」的聲音，例如祈禱或聖歌（想必〈大悲咒〉也行），所結出來的冰晶，就會呈現十分美麗的對稱圖案。反之，如果接觸到「惡」的聲音，例如黑巫術的咒語，所產生的冰晶，雖然勉強也算六角對稱，形狀卻十分醜陋，令人一看就會起反感。

莫林口若懸河講了將近一個鐘頭，最後總算講到了巫術，這是我目前最關心的主題，我自然豎起耳朵，一個字都不願放過。

他繼續說道，最近兩三年，他將自己的研究成果，應用在巫術的科學測量上，得到許多意想不到的結果。其中最重要的（在我看來絕對有資格問鼎諾貝爾物理獎），是利用極精密的物理儀器，直接測量到了巫術的力量！

可惜的是，我對這類高等物理只懂得皮毛，無法深入探詢相關細節。但我記得很清楚，莫林再三強調，巫術的力量，嚴格說來根本不是「力量」，而是一種瞬間的作用或影響。

當時，聽到他這樣講，我一時沒想通，問道：「為什麼瞬間的作用或影響，就不能稱為力量？」

莫林咧嘴笑了笑，像是很高興我有此一問，答道：「當然，這只是定義問題。在物理學上，凡是力量，一定需要時間來傳達，不會是瞬間作用。」他一面說，一面伸出拳頭，輕輕敲在我的肩膀上。

我立刻恍然大悟，接口道：「拳頭有拳頭的速度，聲音有聲音的速度，電波有電波的速度，所以一定需要時間來傳達。這麼說的話，巫術的作用，難道速度是無窮大？」

莫林笑得更燦爛了，一副喜遇知音的表情。

我的好奇心，也已經一發不可收拾，不料當我繼續追問下去，莫林雖然仍是有問必答，我卻完全聽不懂了。唯一的印象，是他將那個儀器命名為「烏賊」，此外好像他還提到，「烏賊」的原始設計者，是一位對超自然力量十分感興趣的英國物理學家（整整十年後，也就是一九七三年，這位物理學家果真贏得了諾貝爾獎）。

既然我在這方面的知識，已經到了極限，我只好換個話題，詢問他對巫術力量的測量，有些什麼具體成果。（為了行文方便，我仍會用「巫術力量」這個說法，畢竟我不是物理學家，不必理會那些定義。）

莫林再度露出十分得意的笑容，侃侃而談了幾分鐘，然後，下了一個重要的結論：「因此，我們幾乎可以確定，所有的巫術力量，都是大腦所產生的。」

我十分不以為然，立刻反駁道：「咒語的力量，難道不是嘴巴產生的嗎？」

莫林笑道：「透過聲波共振產生作用的，只能算是普通的咒語。真正具有超自然力量的咒語，唸不唸出聲音來，其實根本不重要，因為真正的作用，是從施咒者的大腦產生的。」

我隨即又舉出一個反例：「如果一切都是大腦的作用，那麼世界各地的巫師，為何一向那麼仰仗各種道具？」

莫林似乎被這個問題逗樂了，哈哈大笑了好一陣子，才道：「你是指那些稀奇古怪的法器，什麼魔法棒、穿心石、巫毒娃娃、人骨念珠之類的東西？」

我點了點頭，很想聽聽他怎麼說。莫林繼續道：「那些東西，和巫師的雙手一樣，都是傳播巫術力量的媒介，而不是巫術力量的來源。」

我仍然不大服氣，又問道：「那麼，各式各樣的巫術配方，無論吃的、喝的、聞的，難道也都不具有巫術力量？」

莫林突然板起臉孔，用英語背誦了一段古怪的詩句，我當然一聽就知道，那是莎士比亞筆下一段著名的巫術描寫：三名女巫一面唸咒，一面朝大鍋子裡，丟進各種噁心至極的東西，包括蠑螈眼、青蛙趾、蝙蝠毛、蚯蚓刺、巨龍鱗、豺狼牙、鯊魚胃、羊膽汁、狒狒血，還有死嬰的手指、猶太人的肝臟、土耳其人的鼻子以及韃靼人的嘴唇等等。

我對於莫林的學究習性，早已見怪不怪，索性讓他背個過癮，自己趁這個機會，請空中小姐再送兩杯葡萄酒來。

酒送來的時候，莫林也剛好背誦完畢，立刻喝了一大口，才繼續道：「根據我的研究，所謂的魔藥或巫術配方，大多是無稽的迷信，但仍有少部分，確實能對大腦產生巫術力量，發揮推波助瀾的作用，可是無論如何，只能算催化劑，並非巫術力量的真正來源。推而廣之——」莫林頓了頓，又道：「所有的巫術儀式，尤其是特別噁心的儀式，都是為了刺激大腦發揮潛能，以產生巫術力量！」

我忽然想到一個有趣的問題：「這麼說的話，彌撒儀式中出現的神蹟，例如信徒的疾病不藥而癒，想必也是由於神職人員的大腦力量？」

莫林顯然不覺得這是個有趣的問題，他以無比嚴肅的神情和口吻，答道：「不，神蹟的力量，當然來自天主！」說完，還鄭重其事在胸前畫了一個十字。

我雖然還想到幾個反例，可以繼續和他辯論下去，但這時我決定放棄，以便另闢戰場。於是我轉換話題，問道：「你們有沒有研究出來，大腦究竟有何特殊之處，得以產生神奇的巫術力量？」

聽到這個問題，莫林拇指和中指相扣，發出「得」的一聲，我立刻知道，自己又搔到他的癢處了。

不料莫林一開口，竟反問我一個莫名其妙的問題：「你認為一顆細胞和一顆恆星，何者結構複雜？」

我毫不考慮地答道：「當然是恆星！」

莫林似乎算準了我會這樣回答，大叫一聲：「答錯了！」好在頭等艙沒有多少乘客，否則我倆必定成為眾人目光的焦點。

我正準備反駁，莫林卻做了一個手勢，要我聽他說下去：「請注意，我不是問你何者結構龐大，而是何者構造複雜。」

我有些心虛了，將反駁的理由吞進肚子裡，道：「好，就算是細胞吧。」

莫林隨即深深吸了一口氣，我料到他又要發表長篇大論，連忙先發制人，道：「飛機快要降落了，大概沒時間讓你從頭說起。」

我的這個理由，顯然很有說服力，莫林果然長話短說：「一顆細胞的內部結構，要比一顆恆星複雜得多，所以幾千億顆細胞的集合體，要比銀河系的結構更為複雜，而這就表示，人類的大腦，是宇宙間最複雜的一種結構！」

老實說，這種三級跳的推理方式，當時我並沒有聽得很懂，只是勉強記在心中，事後經過一番查證，才真正弄明白。但無論如何，這句話的結論並不難懂，可是這個結論，和我的問題又有什麼關係呢？

於是我又問：「宇宙間最複雜的一種結構，為何就能產生巫術的力量？」

莫林彷彿真的擔心時間不夠了，竟然用最簡單的方式回答：「拜託拜託，請相信我！」

我不禁有點後悔，不該提醒他飛機快降落了，令自己錯失了難得的求教機會。但我轉念一想，莫林會擔心時間不夠，一定是還有更重要的話要對我說，否則依他的個性，對於這麼重要的問題，不會只用幾個字來回答。

果然沒錯，我還沒有再開口，莫林已急不及待地轉移話題，道：「巫術的力量，既然由人腦產生，自然也能由人腦所接收，這種關係，就好像電視台和電視機一樣。」

這個比喻很淺顯，我當然一聽就懂，接口道：「電視台就是巫師，而電視機……任何人都可以是電視機？」

莫林這次的回答，可就更簡單了，只是猛點三下頭，便繼續申論下去：「所以，受到巫術力量影響的人腦，就像電視機一樣，電視台播什麼，它就顯示什麼。」

我明白他的意思，這方面的經驗，我可是豐富之極，隨即附和道：「是的，我絕對相信，巫術能夠令人產生幻覺，甚至進入幻境。」

沒想到莫林竟然大搖其頭：「不，你絕對難以想像！」

我非常不服氣，提高音量道：「我有親身經驗，而且經驗豐富。」

莫林卻繼續搖頭，一副欲言又止的模樣。

我搞不懂他為何突然和我打起啞謎，索性不再理他，開始回想剛才那番對話。雖然我從莫林那裡，聽到許多有趣的理論和設想，但我越想越覺得，他的說法頗有以偏概全之嫌。正如我一再強調的，巫術世界不可以常理度之，我絕不相信簡簡單單的一兩個理論，就能涵蓋巫術世界所有的奧秘。

這時，飛機的高度已經明顯降低，我打算回到自己的座位，收拾一下隨身行李。我伸出手來，道：「特使先生，後會有期。」

莫林卻緊緊抓住我的手，正色道：「衛先生，飛機剛起飛時，你問我的問題，我還沒回答你。」可是，因為一路上，我們的交談幾乎沒停過，以致一時之間，我想不起來他指的是什麼問題。

莫林見我陷入沉思，連忙補充道：「你曾經問我，所謂的它，是不是指陪你一起旅行的那隻狗？」經他這麼一提醒，我總算想了起來，這個簡單之極的問題，莫林竟然一直沒有給我一個明確的答覆，真不懂他在弄什麼玄虛。

我沒好氣地道：「我想這個問題，現在已經不重要了。」

莫林卻面色凝重地沉聲道：「不，十分重要！我一路上跟你講了這麼多，就是希望你相信我接下來要講的這句話。」

我不置可否地揮了揮手，意思是有話快說，有屁快放，我可不耐煩了。

莫林吁了一口氣，彷彿鼓起很大的勇氣，才壓低聲音道：「陪你一起旅行的，根本不是一隻狗。他能騙過世上每一個人的眼睛，卻騙不過我的儀器！」

12

第十二章

義大利

三小時後，我坐在達文西國際機場的海關辦公室，心裡像是有十五個吊桶，七上八下。

我面前有一份簡單的文件，只要在上面簽個字，立刻能離開這間辦公室，搭乘任何一班航機，離開羅馬，飛到我想去的任何地方。

但是，如果我真的這麼做，無論飛到天涯海角，都不再有任何意義。因為這份文件，是要我同意將一隻「帶有特殊病菌的獵狗」，交給義大利海關，予以人道毀滅。

怎麼會這樣呢？

事實上，飛機尚未著陸之際，我就已經知道，會有這個結果，無奈為時已晚，我只好眼看著這一切，在我面前發生。

根據原定計畫，我在羅馬只是過境，幾小時後，就要轉機飛往新加坡。如果照正常程序，我的託運行李，只要形式上過一趟海關，就能轉到飛往新加坡的班機上。

不過，由於我的託運行李中，有一隻活生生的動物，所以程序會麻煩一點，需要一道檢疫手續。

當我牽著伊安，來到動物檢疫處的時候，已經心知肚明，他通不過這一關。因為，教廷早就透過特殊管道，通知達文西機場，務必留置我身邊那隻獵狗。

果然，伊安並未通過檢疫，根據機場的官方說法，他身上帶有一種人畜共通的傳染病，必須在第一時間，送進焚化爐。

我幾乎動用了所有的關係，想盡了一切辦法，才阻止了機場海關，立刻對伊安進行人道毀滅。然而，我僅僅爭取到一天的緩衝時間，二十四小時後，萬一我和教廷交涉失敗，伊安仍舊難逃被送進焚化爐的命運。

我當然也曾想過硬闖，但隨即打消了這個念頭。一來，我已經亮出國際刑警的特種證件，絕不能令我自己以及這張證件蒙羞，二來，即使我能順利救出伊安，我們又將何去何從？除非我能劫持一架飛機，和伊安直飛新加坡，否則我的反行之旅，便會因此破功。

當我坐在海關辦公室，思緒一團混亂之際，莫林竟然穿著神父袍，重新出現在我面前。原來，教廷方面連二十四小時都不願等，指派莫林前來勸我，希望我簽署一份同意書，以便立即執行伊安的「火刑」。

沒錯，在我看來，教廷千方百計，要將伊安送進焚化爐，就和幾百年前，將許多無辜的村姑，綁在木樁上燒死，有異曲同工之妙。

不用說，我自然將滿腔怒火，都發洩在莫林這個始作俑者身上。我猛地站起來，指著他的鼻子，兇巴巴地道：「我難以想像，如今已是二十世紀六〇年代，教廷仍然沒有放棄對巫術的迫害！過去數百年來，教廷為了獵巫驅魔，所導致的冤假錯案，簡直罄竹難書，你不可能不知道！」

莫林一副無辜的模樣，辯解道：「可是黑巫術的勢力，的確因此一蹶不振。難道你希望，由撒旦統治這個世界嗎？」

我賭氣似地頂了回去：「撒旦只不過是被你們的天主打敗了，才被貴教經典寫得那麼可怕！這就是中國人所謂的成者為王，敗者為寇。」

莫林聽到我這番「大逆不道」的言論，連忙在胸前畫了好幾個十字。但這時，我特別注意他的表情，果然發現在神父面具底下，隱隱透出欽佩的眼神。

於是我乘勝追擊，道：「幾百年來，你們到底燒死了多少真正的女巫，又燒死了多少位『聖女貞德』？」

莫林不再試圖辯白，緩緩低下頭去。我彷彿受到了鼓勵，又道：「你也算物理學家，不會不知道，在教廷官方紀錄上，你們的祖師爺伽利略，至今仍是公審定讞的異端。」

莫林的頭更低了一點，連目光都不敢再和我接觸。我則是越罵越起勁，又道：「你們的另一位祖師爺哥白尼，下場可就更慘了，竟然和聖女貞德一樣，被活活給燒死！」

不料這時候，莫林像是突然活了過來，猛然抬起頭，高聲道：「這回你可說錯了，哥白尼明明是病死的。歷史上，真正被燒死的天文學家，只有喬爾丹諾．布魯諾一個人。」

我怔了一怔，這麼重要的史實，我怎麼可能記錯呢？但我轉念一想，莫林是個一板一眼的書呆子，一切講求真憑實據，所以說，很可能真是我自己記錯了。

可是在這個節骨眼，要我認輸，等於要太陽打西邊出來，我把心一横，索性來個強詞奪理：「名字並不重要，反正的確有個科學家，曾被教廷處以火刑！」

這時我才明白，「君子可欺之以方」這句話真有道理，我剛才那麼說，明明耍賴的成分居多，卻再度令這個學究抬不起頭來。

這個時候，我的怒氣也發洩得差不多了，於是我冷靜下來，開始改用說之以理的戰略，道：「如今，世界各國的獵巫法律，都已經一一廢止了。你們這麼做，甚至是於法無據的。」

莫林紅著臉道：「正是因為於法無據，所以才用這麼間接的方式。」

聽他這麼說，我的火氣又上來了，道：「是不是如果於法有據，你們就明目張膽行事了？那麼請問，全世界沒被燒死的巫師還那麼多，你們為何偏偏為難一隻狗？」

莫林嘆了一聲，一本正經地道：「如今的教廷，自然比數百年前開明得多，一般的巫術團體，我們早已不再過問。可是，你身邊那個……那個……」

我沒好氣地道：「那個巫師是嗎？你憑什麼一口咬定伊安是巫師？」

莫林稍微恢復了鎮定，道：「其實我在飛機上，已經回答過這個問題。你想，獵狗雖然相當聰明，但是大腦結構，仍比人腦差太多了。伊安如果真是一隻狗，怎麼可能產生那麼強大的巫術力量？」

我絲毫沒有動搖：「那只是你的推論，而且是以偏概全的推論。」

莫林沉聲道：「我料到你會這麼講，所以這一次，我帶來了客觀的證據。」說完，他就打開手提箱，掏出兩張照片，放到我面前。

我瞥了一眼，就看出其中一張照片，是剛才在檢疫處，檢疫人員替伊安拍的。看到他一副無憂無慮的模樣，令我更加憂心如焚。

可是桌上另一張照片，我仔細看了半天，仍看不出所以然來。與其說那是照片，不如說更像抽象畫——一圈不規則的七彩光暈，在全黑背景中，勾勒出一個人體的形狀。

我抬起頭來，揚眉作詢問狀，莫林立刻解釋道：「這是我在檢疫處，利用『放電攝影術』所拍攝的。儀器不會騙人，請你自己看看，伊安究竟是人還是狗？」

聽到他這麼講，我簡直不敢相信自己的耳朵，在那張所謂的放電照片中，伊安的輪廓，百分之百是個人體，和獵狗毫無相似之處！

雖然明知莫林不太可能造假，我還是抱著一絲希望，反駁道：「我怎麼確定，這真是伊安的照片？」

莫林又嘆了一口氣，沉默了好一陣子，才道：「我也想到了你不會輕易相信，所以我要你親眼見識一下。」

我以為他的意思，是要帶我前往檢疫處，當場再拍一張什麼放電照片。不料，他並沒有起身的意思，反倒從手提箱中，又掏出一樣東西。

那是個十分古怪的小型儀器，勉強形容的話，有點像袖珍型雙筒望遠鏡。他將那儀器遞給我，示意要我舉在眼前，透過鏡頭看出去。

我依言照做，可是周遭的景象，並沒有任何遠近變化，也沒有任何扭曲。我正在納悶之際，莫林舉起其中一張照片，放到了鏡頭之前。

我立刻抱怨道：「很抱歉，透過這具儀器，那張放電照片，看來依舊沒有兩樣。」

莫林不疾不徐地答道：「那麼你將儀器放下，再看看這張照片。」

我搞不懂他又在弄什麼玄虛，打算放下儀器之後，好好數落他一頓，結果我卻張大嘴巴，一個字也說不出來。

這回，我變得不敢相信自己的眼睛了，因為放下儀器之後，舉在莫林手中的照片，竟然變成了第一張，也就是伊安的彩色照片。我立即向桌面望去，那張放電照片，依然好好擺在原處。

我的第一個念頭，是莫林用魔術手法在消遣我，可是下一瞬間，我就推翻了這個荒唐的想法。於是，我趕緊再拿起儀器，望向莫林手中那張照片，果然又變成了放電照片！

這時，我心中已經有底了，問道：「莫非這張普通的彩色照片，也會放電？」

莫林點了點頭，隨即又搖了搖頭。我立即醒悟，改口道：「這張照片並不普通，它具有巫術的力量？」

莫林這才肯定地點了點頭，我又補充道：「所以，用肉眼觀看這張照片，看到的其實是幻象？」

莫林又用力點了點頭，我忽然覺得有點不對勁，質問道：「我明明記得你告訴我，只有人腦，才能產生巫術的力量。」

莫林以不帶任何情緒的語氣答道：「但我也告訴過你，有許多東西，都是傳播巫術力量的媒介。這更加證明，伊安的巫術力量強大無比，甚至能印記在照片上。」

我正準備再發問，莫林卻搶先一步，繼續道：「衛先生，現在你是否相信，伊安始終是一個人，從來沒有變成狗？」

我不禁有些動搖了，有氣無力地道：「你的意思是，我以為伊安是一隻狗，甚至全世界的人都以為他是狗，只是巫術所造成的幻覺？」

莫林以堅定的口吻答道：「是的，其實我在飛機上，已經講得很明白了。」

我突然又想到一件事，提高音量道：「難道只因為伊安利用巫術，隱瞞真實身份，你們就有權力抓人？」

我原本以為，這個問題會令莫林啞口無言，不料他想也沒想，隨即答道：「義大利是法治國家，教廷的影響力再大，也沒有權力以這個理由抓人。所以，就法律層面而言，我們請求義大利政府扣留的，只是一隻會散播可怕疾病的獵狗。」

接下來一分鐘，我努力克制自己的怒火，才沒有對莫林飽以老拳。因為我知道，萬一打傷這名教宗特使，只會令整個情況變得更糟。但我又實在氣不過，只好在口頭上做些發洩：「沒想到堂堂教廷，也會使出這麼卑鄙的手段！」

莫林不愧是好好先生，不但沒有生氣，反倒好言好語解釋道：「衛先生，你有所不知，我們這樣做，也是迫不得已，因為整件事，要比你想像中複雜得多，而且嚴重得多。」

面對他這種態度，我頗有一拳打在棉花上的感覺，只好揮揮手，表示要他繼續說下去。

沒想到莫林彷彿受到鼓勵，居然又長篇大論起來，道：「天主教並沒有外人想像中那麼保守，教廷更不是一成不變的守舊勢力。我們也會從歷史中學到教訓，也會逐步修正一些錯誤。據我所知，不久之後，無論伽利略或達爾文，都會由教宗親自出面，平反他們的歷史定位。此外，教廷還準備成立一個基金會，贊助宇宙學方面的尖端研究，以彰顯天主教義無所不包，無所不容。

「因此，如今教廷對於一般的巫術團體，頂多將其視為異端，不會再和魔鬼畫上等號，所以教廷的獵巫行動，基本上已正式結束。話說回來，我們對於巫術力量的監控，並沒有因此停止，我之所以受到教宗的賞識和重用，也正是這個原因。

「加勒比海地區，乃是全球數一數二的巫術聖地，自然是我們監控的重點。所以，當你在海地，四處打聽巫王的下落時，當地主教立即將這個消息，回報到了梵蒂岡。

「你前往巫師島的旅程，自然也在我們監控之下，那時，已經由我直接指揮。不久我就斷定，你是一位深藏不露的巫師，而且是其中的佼佼者。比方說，你為了擺脫我們的追蹤，竟然使用巫術，憑空製造了一場暴風雨。然後，你還進一步在水中施展死而復生術，並且召喚鯊魚當你的坐騎。

（我聽到莫林說到這裡，已不禁感到啼笑皆非。）

「然而我們的獵巫小組，也並非省油的燈，仍舊設法尾隨在你身後。沒想到，在接近巫師島的時候，你突然消失在深海之中，而我們的人，隨即撞上島外的禁制，就再也闖不進去了。所以後來你在巫師島上的行動，我們只能做遠距離觀察，以及間接的推測。

「幾天後，你重新出現在海地的太子港，身邊還跟著一隻神秘兮兮的黑狗，我的手下，第一時間就對我回報了這個消息。我大膽判斷，那隻狗既然是你從巫師島帶出來的，一定起著巫術上的重要作用。只不過，當初我還不知道，真正的主角並不是你，而是那隻你稱為伊安的黑狗。

「當你們乘船抵達非洲之際，我們便設法拍到了伊安的放電照片。一看之下，我大吃一驚，立刻聯想到，此人莫非就是傳說中的加勒比海巫王？他蟄伏地底數百年之後，重新回到人間，必有重大圖謀，而你則是他的最佳掩護。

「你們接下來的行動，果然證實了我的猜測。你們沿著非洲西岸北上，然後在歐洲整整轉了一圈，一路上，不是拜訪巫術聖地，就是和巫術團體頻頻接觸，這時我終於明白了，巫王是在串連全球各地的巫術勢力！

（聽到這裡，我已經對莫林的想像力，佩服得五體投地。但也正因為如此，我對這番話的「荒謬性」，竟然沒有絲毫懷疑，事後想來，不禁後悔不已。）

「巫王這種舉動，遠遠超出教廷對巫術活動的容忍極限，我們自然不能坐視。可是，由於茲事體大，教宗命我暫且按兵不動，繼續蒐集更多的證據。兩個月下來，蒐證工作已經大功告成，這時你們剛好再度來到歐洲，於是我決定親自出馬，設法對你曉以大義，卻苦於找不到和你獨處的機會。幸好天主保佑，你們在科西嘉島的活動告一段落之後，下一個目的地，竟然就是我們的大本營。」

這個時候，我再也忍不住，捧腹大笑了好一陣子，笑得眼淚都流了出來。莫林怔怔地望著我，八成以為我突然發瘋了。

等到我終於笑夠了之後，霍地站了起來，毫不客氣地伸手指著他，喝道：「你這個書呆子！」

莫林怔了一怔，一副丈二金剛摸不著頭腦的樣子。我懶得跟他講大道理，決定給他來個當頭棒喝：「你說的這一切，全是你過人的想像力，對一連串的巧合，所做的穿鑿和附會！」

莫林顯得很不服氣，反駁道：「這一切，都有客觀的證據，包括科學儀器的測量數據。」

我又有一拳打在棉花上的感覺，頹然坐了下來。就在這個時候，我突然想到不妨以子之矛，攻子之盾，直指他的漏洞，令他啞口無言，於是連忙道：「既然你的科學儀器，那麼精密又那麼可靠，難道一直沒有發現，我身上毫無巫術力量嗎？」

我原本以為，這個問題一定會令他無言以對，不料他卻毫不猶豫，理直氣壯地道：「怎麼會沒有呢？只不過和巫王相較之下，你只能算小巫罷了。話說回來，如果沒有精神力場防身，我無論如何不敢坐在你面前。」說完，他將神父袍的硬領往外一翻，我一眼就看出來，裡面藏有極精密的電子電路。

我正想追問，自己身上怎麼會有巫術力量，答案隨即在我心中自動浮現。一來，我身上的心蠱，就是一種標準的巫術力量；二來，我在抵達巫師島之前，帶著一個連我自己都不知道的無形護身符，雖然已被伊安舔去，想必多少還有殘留；三來，我在巫師島上，難免又雜七雜八沾染了不少巫術力量。莫林的「獵巫儀器」既然那麼精密，自然不難一一偵測出來。

想到這裡，我深深吁了一口氣，終於體會到什麼叫作百口莫辯。看來，在這種逼不得已的情況下，我只好將事情的真相，向這個冥頑不靈的莫林，和盤托出了。

於是，我耐著性子，細說從頭，從我大學時代，中了心蠱講起。由於事關重大，牽涉到了伊安的生死，我決定不要有任何隱瞞，至少花了兩個小時，才將這番複雜之極的經歷，做了一個大略的交代。

好在莫林是個天生的學者，對於傾聽長篇大論，具有十足的耐心。在我敘述的過程中，他勤做筆記，雖然偶爾發出幾聲驚嘆，卻都忍住了，沒有開口發問，更沒有打斷我，這種修養，令我自嘆弗如。

等到我終於敘述完畢，莫林瞪著我，久久不發一語。小小的辦公室中，氣氛詭異到了極點！

在這段不算短的時間中，我也忍著不再開口，因為我知道，莫林正陷入沉思。雖然他對巫術的研究獨樹一幟，但我的親身經歷，對他而言，仍是聞所未聞的神話。我可以清楚感覺到，他受到強烈的衝擊和震撼，以致對我這番敘述，即使並未全盤否定，至少也抱持半信半疑的態度。

我當然希望，他經過一番沉澱後，能夠逐漸相信，我所講的都是事實。這樣的話，整件事就有可能圓滿落幕。

然而，萬一他在深思熟慮之後，決定對我的敘述不予採信，那麼，事情又會回到原點，甚至可能會更糟，因為他已經知道，伊安即使不是巫王，也是巫王的大弟子。

看來，伊安能否逃過一劫，就在莫林一念之間了！

不知道過了多久，莫林終於深深吁了一口氣，說出了他的判決：「很抱歉，我不能因為你的一面之詞，就做出這麼重大的決定。」我心中一涼，他的意思很明顯，不會因為我這一席話，就無條件釋放伊安。

我正不知如何是好的時候，莫林又補充道：「何況，在你的敘述中，有幾個環節，和我們所蒐集的證據，互相牴觸。」

我立時有了著力點，追問道：「什麼環節？說來聽聽！」

莫林低頭看了看剛才做的筆記，道：「比方說，根據你的說法，伊安脖子上的頸圈，具有強大的巫術力量，他就是因為繫著這條頸圈，才會變成一隻狗。」

我接口道：「是的，所以巫王特別囑咐我，千萬不能除去那條頸圈。」

莫林露出詭異的笑容：「可是，根據我們的測量，這條頸圈，並沒有任何巫術上的作用。伊安全身上下，唯一會發射巫術力量的地方，只有他的大腦。」

我脫口而出：「會不會是你們的儀器……」但這句話說到一半，莫林已經鄭重其事對我大搖其頭。

我不禁暗自嘆了一口氣，這個莫林開口科學，閉口證據，彷彿事事明察秋毫，可是他自己，卻犯了過度自信的通病，而且居然毫無所覺。

過去幾個月，我和巫術世界的密集接觸，令我領悟到「不可以常理度之」的真諦，所以我絕不相信，科學儀器是萬能的。換句話說，雖然莫林信誓旦旦，認為根據測量結果，伊安的頸圈毫無法力，可是我對這個結論，卻十分存疑。

如果真是莫林搞錯了，那麼我有沒有可能，利用這個錯誤，說服他相信我所講的一切？

根據我對莫林的瞭解，他的個性雖然絕不可愛，卻有一項可愛的特質，那就是對真理的執著。只要我能提出不容置疑的證據，他一定會回心轉意，絕不會死不認錯。

可是，我要如何才能證明，那條頸圈確實具有巫術的力量？

我想來想去，只想到一個方法，偏偏這個方法，萬萬使不得！

相信大家已經猜到，這唯一的方法究竟是什麼，那就是將頸圈割斷，讓莫林親眼目睹伊安恢復原形！

大家一定也已經想到，為何此法萬萬使不得。因為巫王曾千叮萬囑，絕對不能除去伊安的頸圈，否則將害得他功虧一簣。雖然我不是十分清楚，所謂的功虧一簣是什麼意思，但大致也猜得到，除去頸圈的伊安，輕則無法練成某些巫術，重則失去繼承巫王衣缽的機會。

可是，兩害相權取其輕，如今當務之急，是拯救伊安的性命，避免他遭到人道毀滅，然後送進焚化爐！

還有什麼比救命更重要的？我想，如果讓伊安自己選擇，他也一定會同意這樣做。

於是，我深深吸了一口氣，打算做出這個提議。然而，我正要張開嘴巴的時候，忽然又想到一件事，以致到了嘴邊的話，又給我吞了回去。

所謂的功虧一簣，也有可能代表，伊安一生所修練的巫術，將瞬間消失無蹤，或是大打折扣。果真如此，至少短期之內，他將無法施行任何巫術，而直接受到影響的，就是我自己！

這樣一來，我的最後一段反行之旅，勢必無法再走下去，這才是標準的為山九仞，功虧一簣！

等到八十一天的時限一過，就會如巫王所說，誰也無法再對我伸出援手。

這麼嚴重的後果，我是不是該三思而後行？是不是該等到最後一刻，確定一切無計可施，再試用這個險招？我還有一天一夜的時間，或許會有什麼奇蹟出現？或許我能想到其他理由，說服莫林回心轉意？或許我能透過國際刑警，見到教廷更高級的官員，甚至教宗本人？

轉瞬之間，我心中至少冒出十七八個念頭。

可是下一秒鐘，我就做出了最後的決定——快刀斬亂麻。如今回顧這段經歷，我仍然不敢說，當時這個決定，究竟有沒有理性成分，或純粹是賭氣的結果。

我不容自己有反悔的機會，以最快的速度，一口氣道：「既然你凡事講求科學證據，想必不會反對，做個簡單的實驗——」莫林正準備發問，我已繼續說了下去：「既然你認為那條頸圈，毫無巫術上的作用，我們索性將它除去吧！」

莫林不愧受過嚴格的科學訓練，他眼珠轉了兩轉，便想通了我的意思，道：「也好，除去頸圈，等於讓你死了這條心。」

於是我和莫林，隨即來到距離不遠的檢疫處。在這不到一分鐘的路程中，我又想到，只要伊安現出原形，那麼即使莫林或教廷，繼續採取強硬態度，我也有恃無恐了。因為正如莫林所說，即使教廷對義大利政府影響力再大，也頂多只能要求機場海關，處置一隻狗。伊安一旦變回人身，立刻有了天賦人權，在這文明的二十世紀，絕不會再遭到宗教迫害，一定能和我大踏步走出達文西機場。

想到這裡，我更加覺得，自己的決定，是沒有辦法中最好的辦法了。

一分鐘之後，我已經站在伊安面前。他被關在一個小鐵籠裡，竟然仍顯得怡然自得，我立刻明白，這個看似普普通通的鐵籠子，其實一點也不普通，一定能發射莫林所謂的精神力場，控制住伊安的情緒。

在莫林的默許下，我來到鐵籠邊，將左手伸進籠內，像是愛撫一隻普通寵物那樣，摸了摸伊安的頭。

根據莫林的說法，此時我所觸摸的，其實是個如假包換的加勒比海土著，只是由於巫術的作用，令我的觸覺和視覺，都以為他是一隻狗。如果真是這樣，那麼這種巫術，要比世上最高明的催眠術，還要高明千百倍。

這實在太可怕了，相較之下，我寧願相信，是巫術的力量，使伊安暫時變成一隻如假包換的獵狗——至少在心理上，我會覺得比較踏實。

這時，我的右手，已經緊緊握住隨身的彈簧刀。我將那把刀舉得筆直，刀背對著伊安，慢慢移到他的頸際。

記得當初在巫師島上，我也曾動念要割斷這條頸圈，當時，伊安露出了渴望的眼神（但我事後回想，不排除是我一廂情願的錯覺）。此時此刻，我的彈簧刀，已經伸到頸圈之中，然而，伊安並沒有任何正面或負面的反應。

現在，只要我用力一拉，這條由植物纖維織成的頸圈，沒有任何理由，不被彈簧刀割斷。接下來，在我眼前，很可能會上演一幕神話世界才有的情節。

我覺得手心開始出汗，這一刀，將是我探尋巫術世界的心路歷程中，最重要的一個里程碑。可是，這一刀割下去，將會造成多大的影響，結果到底是吉是凶，卻只有天曉得！

不行，再想下去，我的意志難免又要動搖。我決定不再胡思亂想，握緊刀柄，反手使勁一拉！

13

第十三章

新加坡

◉

次日上午，我帶著滿腹疑問，以及忐忑的心情，在羅馬的達文西國際機場，登上直飛新加坡的班機。至於伊安——

伊安仍舊裝在籠子裡，當作特殊貨物來託運。因為，在任何人眼中，他都還是一隻黑色的靈猩獵犬。甚至，原本堅稱伊安是人不是狗的莫林神父，也終於改變了立場，否則，他絕對不會輕易放走伊安。

這究竟是怎麼回事？當然是因為伊安的頸圈，被我割斷之後，出現了意料之外的結果。

當時，我下定了決心，握緊刀柄，反手使勁一拉，繫在伊安脖子上的頸圈，果然應聲而斷。然而，所發出的聲響，竟然大得嚇人，彷彿我並非割斷一條頸圈，而是用彈簧刀，戳破一個鼓脹的氣球。

我大概有半秒鐘的怔呆，等到回過神來，我已做好心理準備，關在鐵籠裡的，已經不是一隻獵狗，而是一名加勒比海巫師。

可是我所預期的變化，居然完全沒有出現，伊安仍是原來那個模樣，依舊怡然自得地趴在籠子裡。我眨了眨眼睛，再仔細向他望去，這才確定自己並沒有眼花。

不過我也注意到，伊安的頸圈雖然已經掉落，可是他的頸際，仍有一圈深棕色的條紋，無論顏色或形狀，都和原來的頸圈，幾乎一模一樣。我湊近一看，才恍然大悟，原來伊安並非通體純黑，在他的頸部，原本就有一圈這樣的棕毛，只是之前被頸圈蓋住，以致看不見。

這時，站在我身後的莫林，已經急不及待地道：「衛先生，這回你該死心了吧！」

由於事情的發展，和我預期之中完全不同，一時之間，我的腦袋一片空白，不知如何回答才好。就在這個時候，莫林突然叫道：「咦，奇怪——」

我立刻轉過頭去，追問道：「什麼奇怪？」

莫林舉著那具「雙筒望遠鏡」，一副驚訝無比的神情，道：「不可能！」

我再度追問：「什麼不可能？」

莫林索性將那具儀器遞給我，怔怔道：「你自己看吧。」

然而，當我透過那具儀器看出去，並未看到任何令我感到奇怪的景象。包括籠子裡的伊安，也和我肉眼所見，沒有任何差別。

我正準備三度追問，自己突然想通了，原來是這麼回事！

在此之前，這具儀器，可說是個效率驚人的「照妖鏡」。透過這具儀器，非但能看出伊安的原形，甚至用來看伊安的照片，也能令其現出原形（一個人的輪廓）。剛才，我自己親眼見識過，的確神奇無比。

可是現在，透過這具儀器望向伊安，卻看不到任何異象，伊安仍是一隻普普通通的獵狗，怪不得莫林要大驚小怪。

我自己雖然也百思不解，卻不像莫林那般驚訝。或許是因為我對巫術世界的變化莫測，早已習以為常，也或許因為儀器不是我製作的，我對它的可靠程度，比不上莫林那麼有信心。

總而言之，在我割斷頸圈之後，雖然出現意想不到的結果，但我很快就恢復了鎮定，開始分析這個結果，究竟對我以及伊安，是福是禍，是吉是凶？

我很快就得到了樂觀的結論。

伊安雖然沒有變成人，卻在莫林眼中，成了一隻道道地地的狗，而不再是「披著狗皮」的巫師。這樣一來，他還有什麼理由，堅持要將伊安送進焚化爐？

我立刻將這個想法，向莫林分析了一遍，莫林雖然有些神不守舍，但我相信他還是聽進去了。

他站在原處，僵立了將近十分鐘，才長長吁了一口氣，道：「我需要再做些測量，才能確定。」

我則理直氣壯地表示，願意讓伊安接受進一步的測量，可是有個條件，不能再讓他像囚徒般，關在鐵籠子裡（更何況這個籠子，還有不知多麼古怪的精神力場）。

莫林又考慮了幾分鐘，才鄭重地點了點頭。

於是，當天下午，我牽著伊安，來到了羅馬市郊，莫林所主持的實驗室。在此之前，我也參觀過不少高科技實驗室，可是這所實驗室，令我有別具一格的強烈感覺。（多年後，我來到勒曼醫院位於格陵蘭冰層底下的總部，竟有似曾相識之感，就是因為想到了莫林的實驗室。）

一九六〇年代，尖端科學分工之精細，已到了走火入魔的程度。比方說，如果是物理實驗室，絕對找不到任何生物標本，如果是光電實驗室，想必不會有化學藥品，如果是醫學實驗室，一定處處可見培養皿和顯微鏡。可是莫林所主持的實驗室，卻難以如此分類，當今世上所有的尖端科技，幾乎都來湊上一角。

我們在這所實驗室，至少待了六七個鐘頭，莫林才終於完成所有的測量。直到這個時候，他才終於相信，伊安絕對不是人類，當然更不可能是巫王。

他鄭重其事地對我鞠躬道歉，宣稱一切只是一場誤會。我原本想借題發揮，好好數落他一頓，但轉念一想，得饒人處且饒人，於是我揮了揮手，表示一切都已經過去了。

當天夜裡，我毫不客氣地帶著伊安，住進了莫林安排的高級招待所，想到半天之前的遭遇，頗有恍如隔世之感。

不過，雖然伊安僥倖逃過一劫，我心裡仍有幾個疑點，如陰影般揮之不去。

第一點，我明明割斷了頸圈，伊安卻沒有變回人形，究竟是哪裡出了問題？

第二點，莫林做了精密測量之後，宣稱伊安的確是一隻狗，頂多具有一點巫術力量（這點他有些語焉不詳）。這是否代表，伊安再也無法恢復人形，而他的法力已大打折扣？

第三點，伊安頸際的那圈棕毛，究竟是巧合，還是具有巫術上的意義？

第四點，當我打開鐵籠，放出伊安之際，曾想將那條已被割斷的頸圈，一併帶走，但我找來找去，卻怎麼也找不到。我當然問過莫林，可是他表示，當時他太過驚訝，完全沒有注意到，頸圈被割斷後掉落何處。

因此，我雖然住在窮奢極侈的套房中，卻整晚都沒有睡好。每隔一兩小時，我就會起身到客廳轉一圈，查看伊安有何動靜。

我甚至還做了一個怪夢，夢見第二天早上起來，發現伊安正逐步變成人形，過程痛苦之極。原來，頸圈被割斷之後，巫術力量還會持續一段時間，然後才逐漸消失……

好在，那只是一場夢。天剛亮的時候，我趕緊又跑去客廳，看到伊安趴在高級沙發上，睡得正香甜。

我匆匆收拾了一下，便牽著伊安，搭乘教廷專車，來到達文西機場，準備飛往反行之旅的最後一站——新加坡。

對於昨天的變故，我雖然仍感到疑惑和不安，可是上了飛機之後，我就強迫自己，將那些問題暫且拋在腦後，打起精神，應付最後一個階段的旅程。

不久之後，我的心思就提前飛到了新加坡。

三年前，在《鑽石花》這個事件中，我和明玫最初是在香港相識的，後來，為了拯救遭到死神挾持的石菊，我們不約而同來到新加坡。不料到了新加坡，我雖然將石菊救了出來，明玫卻受了槍傷，並落入死神之手。後來，明玫為了阻止死神追殺我和石菊，竟然犧牲自己，下嫁死神，兩人隨即前往歐洲度蜜月（其實只是幌子，死神的真正目的是去尋寶）。我和石菊獲悉這個消息後，第一時間從新加坡飛到歐洲，先在羅馬短暫停留，隨即轉往科西嘉島。

所以，這次我從羅馬飛到新加坡之後，照例要將當年的路線，倒過來走一遍。尤其是我和明玫同時出現過的地方，更要走得一絲不苟。

我早已將這些路線，用紅筆仔細畫在一張新加坡地圖上。過去這幾天，每當我研究這張地圖，明玫的倩影，總會從地圖中跳出來，令我感到一陣心酸，一陣甜蜜。

這時，在三萬呎的高空，我又準備攤開這張地圖，但最後卻忍住了。因為我知道，自己攤開地圖的目的，並不是要研究早已滾瓜爛熟的路線，而是想再次憑弔明玫的身影。

還是算了吧！

雖然我這麼想，腦海中仍浮現了明玫胸部中槍之後，依在我懷中的情景。我使勁揮了揮手，才勉強將之揮去！

總之，一路上我一直沒有拿出這張地圖。直到住進預訂好的酒店，吃過了晚飯，我才照例將地圖攤在地上，和伊安做行前的最後確認。

令我欣慰的是，除去頸圈的伊安，一點都沒有失常的跡象，他一如往常，以特有的肢體語言，和我詳細討論明天的行程。我甚至有一種錯覺，他似乎變得更聰明了。

正當我準備收起地圖的時候，門鈴響了起來。我開門一看，原來是酒店的服務生，捧著一個包裝精緻的盒子，請我簽收。

我有些納悶，但盒子上明明寫著我的英文名字，我自然沒有拒收之理。

當然，我絕不會莽撞到立刻打開。我用了幾種簡單的方法，確定這並非郵包炸彈，但仍不忘戴上手套，才將包裝紙一層層撕去，最後打開紙盒。

當我看到紙盒中的東西之後，不禁暗自驚嘆：是什麼人和我開玩笑？

這隻一呎見方的盒子，裡面竟然塞滿了乾草！

不對，如果塞滿乾草，應該不會有任何重量。我用手一撥，立即發現，乾草只是用來當作襯墊，盒子裡面真正裝的，是另外一樣東西。

可是這樣東西，同樣令我一頭霧水。

其實，那並非什麼古怪莫名的東西，而是一顆普通的蘋果。不過，這顆蘋果，從中剖成了兩半，再由一根尖銳的木棍串起來。（我曾突發奇想，難不成這代表愛神的箭？）

多年的江湖經驗，令我隨時不忘提高警覺。因此，我壓抑著好奇心，小心翼翼地用雙手舉起木棍，仔細觀察那顆蘋果，不久，又讓我看出了一些古怪。

剖成兩半的蘋果，其中一個剖面上，似乎有著人工雕刻的花紋。

我連忙拿一雙筷子，按住蘋果，以便抽出木棍。整個過程中，我都避免雙手（雖然戴了手套）接觸到那顆蘋果。

等到木棍抽出來之後，剖成兩半的蘋果自然分了開，我立刻看清楚，剖面上雕刻的是什麼。

那是個相當規則的五芒星，這種圖案普通之極，許多國家的國旗上都有，而且，連小學生都知道，這種星形可以一筆就畫出來。

我覺得十分納悶，視線不知不覺開始游移（這是我陷入沉思時的壞習慣），想了半天也想不出所以然來。突然間，我的視線又瞄到那半顆蘋果，但由於並非刻意注視，反倒無心插柳，瞧出了端倪。

單獨一個五芒星，當然是極其普通的圖案，可是，如果五芒星外面再套個圓圈（數學上好像叫外接圓），那就比較特殊了。

我的思緒，立時飄到了半年前的小寶圖書館。

小寶圖書館由於有盛氏機構長期支持，經費不虞匱乏，一直不斷蒐集全球各地的玄學書籍，從善本書和原始文獻，到最新的出版品，凡是和玄學有關的，都在其蒐藏之列。在這些藏書中，巫術當然佔有可觀的比例，我之所以在短時間內，能對巫術有大略的認識，都是拜這些藏書之賜。

其中，有兩本幾年前才出版的英文書，令我印象頗為深刻。這兩本書，書名分別是《今日巫術》和《巫術的意義》，作者筆名葛老爹，是個充滿爭議、毀譽參半的英國人，有人認為他是魔鬼的化身，擁有一身邪門的魔法，但也有人將他視為宗教改革家，甚至將英國「獵巫法」的廢除，歸功於他的奔走努力。而最近這幾年，他受到越來越多的追隨和崇拜，儼然成為一個新興宗教的教主。

這個新興宗教的最大特色，在於沒有特定的神或上帝，而是提倡（或說復興）人類最原始的信仰，因此它的教義，完全建築在原始巫術的基礎上。或許正因為如此，它雖然是新興宗教，卻以「老宗教」當作正式的教名。

而老宗教的教徽，正是一個套在圓圈內的五芒星。

想到這裡，我已經猜到，送這份禮的人，想必是老宗教的成員。可是，送我這樣一份禮物，目的何在呢？

我隨即想到，或許這並不是送禮，而是類似章回小說中，所謂的投名帖。換句話說，對方想要拜訪我，所以先送上這份禮，一方面表示禮數和敬意，另一方面也表明自己的身份，好讓我有個心理準備。

可是，我除了曾在小寶圖書館，閱讀過有關老宗教的資料，和這個教派並無任何瓜葛。因此我又想到，對方想要拜訪的，也許是伊安而不是我，只是借用我的名義，送來這份名帖（總不能寫「伊安先生收」或「衛斯理愛犬收」吧）。這種事情，我早已見怪不怪，在伊安陪我進行反行的過程中，世界各地都有巫師，慕名而來，拜見身為巫王大弟子的伊安。只不過從來沒有哪個巫術團體，以這麼文明的方式求見，才令我一時想不透。

想到這裡，我立刻撥電話到酒店櫃台，詢問剛才送禮的人，有沒有留下任何資料或口信。櫃台人員隨即答道，送禮的人說，如果我問起，就把一個當地的電話號碼告訴我，萬一我沒問，就當作沒有這回事。

我當然在第一時間就撥了這個號碼，電話立即有人接聽。我還沒開口，對方已經搶先道：「衛斯理先生，感謝你打電話來。」他說的是英語，但並不是美國腔。

我則開門見山地聲明：「我希望先弄清楚，自己在和什麼人說話。」

對方隨即豪爽地答道：「真抱歉，我太興奮了，忘了自我介紹，我是葛老爹！」

我立時萬分驚訝，在此之前，我雖然已經猜到，對方應該是老宗教的成員，可是怎麼也想不到，竟會是教主葛老爹本人！

一小時不到，這位葛老爹，已經坐在我的對面，感覺上，彷彿書中人物突然活了起來。半年前，我在小寶圖書館，閱讀他的經典之作時，無論如何想像不到如今這一幕。

在我的印象中，葛老爹絕對年過七十，可是他目光炯炯，一副精力充沛的模樣，所以看起來，至少比實際年齡年輕十幾歲。

他是一個人來的，並沒有帶任何隨從，毫無「教主」的陣仗。事實上，他給我的第一印象，是平凡到了極點，無論外貌、穿著或舉止，都像個極其普通的西方老者。

不過他一開口，便語出驚人：「衛先生，請恕我省略客套，直接進入正題。當你和莫林神父，搭機抵達羅馬，我們的人第一時間就通知了我，於是我搶先一步，來到新加坡等你。」

我立時怔了一怔，從這句開場白中，他已經透露了不少訊息。但我也不甘示弱，一針見血道：「佩服佩服，原來老宗教的勢力，已經無孔不入，連教廷的核心，都滲透進去了。」

葛老爹揚了揚眉，道：「這也是沒有辦法的事，數百年來，我們一直受到對方有計畫的迫害，如今表面上雖然暫時休兵，暗地裡，雙方仍舊劍拔弩張，隨時處於備戰狀態。中國的兵法家說得好，知己知彼，百戰不殆。其實，我們也心知肚明，在我方核心成員中，難免也有對方的人。」

我聽得目定口呆，如果不是我肯定，面前這位葛老爹，是老宗教的精神領袖，一定會將他這番話，解讀成一個大國特務頭子所做的告白。真難以想像，在巫術世界，居然也有這麼緊張的「國際關係」！

我搖了搖頭，近乎自言自語道：「難道老宗教的興起，就是為了和教廷勢力一爭長短？」

葛老爹用力揮了揮手，頗有革命家的氣勢，道：「團結就是力量，即使不能一爭長短，起碼不再受他們的迫害！」

我嘆了一口氣：「我真的不懂，雙方為何不能共存共榮？」

葛老爹想也沒想，立刻答道：「你有所不知，這種對立關係，已經延續了幾百世紀，不是那麼容易化解的。」

我以為他口誤，追問道：「幾百世紀？」

葛老爹堅定地點了點頭：「至少幾百世紀，可能還更久！」

我張大嘴巴，卻不知該如何發問，好在葛老爹繼續說了下去：「衛先生雖然不是吾輩中人，可是對於巫術世界，應該也算見多識廣了。請問在衛先生心目中，世上的巫術，究竟有多少流派？」

我不禁有點不高興，大聲道：「開什麼玩笑，哪裡數得清！」

葛老爹對我做個稍安勿躁的手勢，解釋道：「你誤會了，我的意思是，世上的巫術，大略能分成幾大源流？」

這回我勉強聽懂了他的問題，不料我的腦筋轉了十幾轉，怎麼也轉不出令我自己滿意的答案。但我又不願承認答不出來，只好試探性地答道：「如果用最粗略的二分法，世上所有的巫術，可以分成白巫術和黑巫術，也可以分成類比巫術和接觸巫術，還可以分成積極巫術和消極巫術……」

我一本正經地講到這裡，葛老爹突然哈哈大笑起來。如果不是我還有點敬老尊賢的傳統觀念，這時很可能要下逐客令了，縱然如此，我的不悅還是明顯寫在臉上。

葛老爹終於笑完了，伸手指著我，道：「你們中國有句俗話，盡信書不如無書，你一定知道是什麼意思！」

我默默點了點頭，葛老爹繼續道：「這句話，用在巫術世界，再貼切不過了。那些什麼人類學家、宗教學家所寫的書，看看無妨，千萬別太認真。」

我的耐性終於耗盡了，板起臉孔問道：「那麼請問老爹，巫術究竟有幾大源流？」

葛老爹笑而不答，卻舉起手來，伸出三根指頭。

我忍不住叫了一聲：「不多不少，剛好三個？」葛老爹用力點了點頭。

我的好奇心，頓時被撩了起來，追問道：「到底是哪三個？」

葛老爹背書似地道：「來自天上的，來自大地的，來自人間的。當然，我是指巫術力量的來源。」

這種說法，我自問聞所未聞，因為就連葛老爹自己的書裡也並未提到。於是，我以最快的速度，將腦海中一切有關巫術的知識，迅速掃描了一遍，想要找出一些線索，但我想來想去，只想到鄧肯曾經提到，巫王的法力來自大地。

當我陷入沉思之際，葛老爹突然道：「沒錯，你所謂的巫王，就是其中一個流派的重要人物。」我不禁心頭一凜，莫非面前這位教主，具有某種程度的讀心術？

我以驚訝的口吻問道：「老爹你也……認識巫王？」

葛老爹微微一笑：「談不上認識，但久仰大名。」

我心中暗忖：說來說去，還是兜回巫王身上了，看來我果然沒猜錯，這位教主來找我，其實是為了拜訪巫王的大弟子。

想到這裡，我才突然發覺，伊安並不在客廳。我正準備起身，把伊安叫過來，葛老爹卻舉起手，道：「不急——」這時我幾乎百分之百確定，他能看穿我的心思，令我突然感到不寒而慄，葛老爹則繼續道：「難道你不想知道，其他兩個流派的來龍去脈嗎？」

我重新坐定，坦白道：「當然想。」同時做了一個請他繼續的手勢。

葛老爹輕咳了一聲，道：「來自天上的巫術，也就是我們的死對頭，長久以來披著宗教的外衣，勢力遍佈全球每個角落。」

我驚訝地張大嘴巴，難以置信地問道：「老爹是指……」

葛老爹並未直接回答我的問題，只是不屑地道：「正是那個崇拜偶像的多神教！」

這時我忽然想通了，搶著道：「那麼，貴教所奉行的，想必是第三種，也就是來自人間的巫術，所以才會出現志不同、道不合的情況？」

葛老爹露出「孺子可教」的欣慰表情，道：「正是如此，吾輩的巫術力量，源自人體自身，和天地都沒有關係。」

我立時想到莫林的理論，道：「更正確地說，是源自人腦？」這回葛老爹並未點頭，卻對我翹起了大拇指。

我不禁自言自語：「原來莫林的研究，真有幾分正確性。」

雖說是自言自語，葛老爹還是聽到了，不以為然地哈哈大笑起來。他至少笑了一分鐘之久，我剛好利用這個時間，把伊安從臥房叫到了身邊。

說也奇怪，一向不怕陌生人的伊安，竟然在葛老爹面前，顯得十分不自在。即使不能算恐懼，至少也是侷促不安。

我指著伊安，對葛老爹道：「我想，他才是老爹要拜訪的對象。」

沒想到這句話，又引得葛老爹一陣哈哈大笑。我不禁有些光火，質問道：「難道憑你的修為，還看不出來，他就是巫王的大弟子？」

葛老爹露出詭異的笑容：「你是聯想到了《三個王國》這本歷史小說，以為我要聯合巫王，和天主的力量相抗衡。」

我賭氣似地道：「我相信這樣想，雖不中亦不遠矣。」

葛老爹揮了揮手，倚老賣老道：「小朋友，你太自作聰明了。」

我當然提出抗議：「難道說，你不是來找他的？」

葛老爹像是不經意地順口答道：「找他做什麼？他已功力盡失。」

我立時吃了一驚：「此話怎講？」

葛老爹皺了皺眉：「你還真是無藥可救的麻瓜，居然一點概念都沒有。我問你，你在羅馬機場，是不是割斷了他的頸圈？」還好我讀過葛老爹的書，知道「麻瓜」是什麼意思。

我怔怔地點了點頭，葛老爹繼續道：「然後，那條頸圈，是不是就不見了？」

我高聲驚叫：「你怎麼全都知道？」

葛老爹露出得意的笑容，道：「因為有些事，別人看不到，我看得到，別人聽不見，我聽得見。」

我對他這種態度，十分不以為然，決定挫挫他的銳氣，問道：「那麼，老爹是不是也知道，那條頸圈掉落何處？」

我這樣問，純粹只是想刁難他，並未期望他會回答。不料他竟毫不考慮，脫口而出：「那還用說！」

我簡直不敢相信：「真的？」

葛老爹第一次板起臉孔說話，道：「難道你不曉得，絕對不要質疑一位巫師的能力？」

我立刻想起來，巫王也如此告誡過我，看來巫術世界雖然無常，至少還有這條常理。

我趕緊誠心誠意向他道歉，葛老爹臉上的陰霾，瞬間一掃而空，笑道：「你相不相信，不但我看得到那條頸圈，就連你這個痲瓜，也看得到！」

這回我不敢再提出質疑，只是瞪大眼睛，靜候教主開釋。

葛老爹隨手一指，道：「就在那裡，在他的脖子上。」

我隨即向伊安望去，可是伊安毫無異狀，他的脖子上，仍舊只有那一圈棕毛，哪來的什麼頸圈？我帶著一臉的茫然，望向葛老爹，想從他臉上，設法看出一點線索，不過我所看到的，只是一副肯定之極的表情。

我在心中發出吶喊：這老傢伙究竟葫蘆裡賣什麼藥？奇怪的是，這聲吶喊，居然有了回應，我心中出現了另一個聲音：不、要、懷、疑！

我突然感到靈光一閃（這回並非比喻，而是真的感覺到腦海中出現一道閃光），想通了葛老爹的意思。

他的意思是，伊安脖子上那一圈棕毛，其實就是原來那條頸圈。換句話說，頸圈並沒有失蹤，甚至沒有被我割斷，只是換了一種形式，繼續套在伊安脖子上。

這又是什麼樣的巫術？

我剛想到這個問題，葛老爹便突然反問我，道：「你自以為割斷頸圈的時候，是不是只割了一刀？」

此時我腦袋一片空白，但仍然聽懂了這個古怪的問題，硬邦邦點了點頭。

葛老爹哈哈笑了兩聲，道：「那就對了！你可知道，有不少巫結，是一刀割不斷的。」

我想也沒想，便接口道：「一刀割不斷，難道要兩刀不成？」

葛老爹道：「正是如此！割一刀，只會令頸圈翻轉，嵌入伊安體內，也就是如今這個結果。唯有同時割兩刀，才能真正割開頸圈，令其脫落。」

我茫然搖了搖頭，巫術世界的一切，實在太不可思議了。我不禁想到，自己也曾像莫林一樣，試圖從科學的角度，解釋巫術的原理，如今想來，真是太不知天高地厚了。

我終於體悟到，科學即使能解釋或測量巫術，也頂多是以管窺天，絕對無法窺其全貌。

等到我回過神來的時候，發現葛老爹已站了起來。我以為他覺得和我談不出什麼，打算就此離去，沒想到他卻道：「其實有些巫術，並沒有想像中那麼不可思議，頂多只是違背直覺而已。比方說，普通的繩圈，當然一刀就能割斷，可是打了巫結的繩圈，卻至少得割上兩刀。這些巫術上的事實，聽多了，看多了，自然就會習以為常，這樣吧，我給你做個示範——」說到這裡，他原地轉了一圈，然後問道：「我轉一圈之後，和之前有沒有什麼不同？」

雖然是個簡單之極的問題，我卻鄭重其事地答道：「當然沒有任何不同。這是很簡單的幾何原理，任何物體轉了三百六十度，都會回到原來的形態。」

葛老爹露出一抹神秘的笑容，道：「你再仔細看一次。」說完，他又緩緩轉了一圈，再度面對著我。

由於他的提醒，我打起十二萬分精神，目不轉睛地盯著他，果然覺得他轉了一圈之後，的確好像有點不一樣。偏偏我又說不上來，究竟不一樣在哪裡。

葛老爹似乎起了童心，決定陪我玩下去，道：「我再轉兩圈，這回要看得更仔細點。」

這一次，總算讓我看出了端倪，可是出於直覺，我立刻懷疑這只是魔術手法。好在我趕緊提醒自己，千萬別暗自猜疑，否則葛老爹必定會感應到。

所以，我要求自己相信，這真是巫術的作用。

對了，還沒有描述我看出的，到底是什麼端倪。原來我發現，葛老爹的一頭濃密白髮，在轉了一圈之後，從左分變成了右分，而再轉一圈後，又恢復了左分（我有可能將左右剛好記錯了，但這無關緊要）。

換句話說，他必須轉上兩圈，整個人才會恢復原來的狀態。這果然是百分之百，違背直覺的一件事！

不過，這件事雖然違背直覺，卻並非魔術手法，而是巫術上的真實現象，所以說，如果我再堅持直覺，無異抱殘守缺。想到這裡，我在心中，對葛老爹起了真正的敬意，真不愧是一代教主，一言一行都發人深省。

我的這番心思，想必不用說出來，葛老爹就已經知道了。他重新坐下來，對我發出會心的微笑，道：「現在，我們可以進入正題了。」

這時我才驚覺，敢情我們剛才的對話，從頭到尾都只算開場白。於是，我恭恭敬敬地道：「老爹請說，晚輩洗耳恭聽。」

葛老爹吁了一口氣，才道：「真抱歉，我的個性就是這樣，雖說是我有求於你，卻先給你上了一課。」

我連忙揮了揮手：「老爹千萬別這麼說，剛才一席話，晚輩受益良多。」

葛老爹隨即接口道：「很好，我這次來，是想借重你身上的巫術力量，做一件大事！」

14

第十四章

印尼

◉

我對這位蓋世奇人葛老爹，原本已經佩服得五體投地，可是他此話一出，我又不禁懷疑，這位在巫術世界頗有地位的教主，會不會得了老年癡呆症？

因為，我身上除了心蠱，哪還有什麼了不起的巫術力量？他竟然說，要借重我的巫術力量，做一件大事！

但我轉念一想，難道他指的就是心蠱？雖然我從未跟他提過這一段，可是我相信，憑老宗教的滲透力，以及葛老爹的讀心術，任何事都瞞不過他。

沒錯，果真任何事都瞞不過他，正當我這樣想的時候，葛老爹已誇張地搖了搖頭，道：「不是，我並非指你的心蠱。」其中「心蠱」兩字，他還特別用苗語來說。

我正準備追問，自己身上究竟還有什麼巫術力量，葛老爹突然把話岔開，道：「我剛才說過，伊安已功力盡失。」

這個時候，我更加確定，葛老爹的確有點不正常，因為不連貫的思考，以及跳躍式的言語，正是老年癡呆症的標準徵狀。

不料葛老爹立刻皺起眉頭：「自己腦筋動得不夠快，卻懷疑老人家語無倫次！」

我怔了一怔，不敢再胡思亂想，連忙根據葛老爹的提示，思考他這幾句話中，究竟藏有什麼玄機。

剛才，他總共說了三件事：一、要借重我身上的巫術力量，二、這個巫術力量並非心蠱，三、伊安已經功力盡失。而根據他的說法，如果我的腦筋動得快，就能想出三者之間的因果關係。

面對這種挑戰，我不服輸的個性又發作了，全神貫注地想了老半天。最後，我再次利用「衛斯理定律」，想到唯一可能的答案——雖說這個答案，連我自己也無法相信！

我試探性地問道：「莫非，伊安的巫術力量，轉移到了我身上？」

葛老爹隨即點了點頭，我立時追問：「這到底是怎麼回事？」

葛老爹笑道：「如果事事說得清楚，那就是科學，不是巫術了。不過，據我猜測，應該是巫王用心良苦，預先做好的安排。」

我又連忙追問：「此話怎講？」

葛老爹答道：「巫王或許早就料到，伊安會有此一劫，若不令他功力盡失，怎麼可能輕易過關？」

我立時驚嘆：「太神奇了！」直到這個時候，我才終於明白，莫林的測量結果，並無前後矛盾之處，而是伊安的巫術力量，在我割斷頸圈的一剎那，忽然消失殆盡，不，更正確的說法，是瞬間轉移到我身上。

可是，如果真是這樣，我怎麼一點感覺也沒有？

葛老爹利用比喻，回答了這個問題：「如果有人偷偷將一張鉅額支票，塞到你口袋裡，你同樣一點感覺也沒有。」說完，他瞇著眼睛望著我，像是想確定我是否聽懂了。

由於我已經逐漸習慣了他的思考模式，這回只花了一兩秒鐘就開竅了。但我想通之後，又連帶想到好些問題：一、我將永遠保有這股力量，或者只是暫時替伊安保管？二、如果只是暫時保管，我將如何還給伊安？三、接下來的反行之旅，我該如何進行下去？

我立刻將這些問題提了出來，葛老爹竟然道：「這幾個問題，你應該問巫王才對——」好在他笑了兩聲之後，便改口道：「話說回來，既然巫王不在，也只好湊合著問我了。」

我懇求道：「請老爹知無不言，言無不盡。」

葛老爹正色道：「第一個問題，在我看來，應該是暫時的，所以，只要你們回到巫師島，我相信巫王自有辦法，解決第二個問題。最棘手的，還是第三個問題……」

聽到這裡，我心中陡地一涼。我的反行之旅尚未結束，一旦脫離既定路線，必將前功盡棄，可是，如果沒有伊安替我施術，剩下的路程，走了也是白走。換句話說，我陷入了進退維谷的絕境。

由於我忽然陷入沉思，想必漏聽了幾句話，等到我回過神來的時候，葛老爹正在說：「你應該同意，這是兩全其美的辦法。」

我連忙帶著一臉歉意，請他將這個兩全其美的辦法，再仔細說一遍。葛老爹道：「我能教你如何將支票換成現金，聽懂了嗎？很好，這樣一來，剩下的路程，你就可以自己替自己施術。別擔心，沒什麼難的，只要不斷唸誦咒語即可。不過，在你繼續反行之前，得先去一個地方，幫我做一件事。」

他講得頭頭是道，我也越聽越覺得可行，可是，聽到最後那句話，我立刻吃了一驚，道：「老爹應該很清楚，我絕不能離開既定路線！」

葛老爹微微一笑：「放心，不會的。」

我揚眉作詢問狀，葛老爹道：「或許是天意，我要請你去的地方，就在新加坡旁邊，不會令你破功的。」

我立刻問：「馬來半島？」葛老爹搖了搖頭，我又道：「蘇門答臘？」這回葛老爹猶豫了一下，才點了點頭，道：「那個小島，的確屬於蘇門答臘，不過，其實就在新加坡外海。」

我道：「那麼，我至少得瞭解，你要我去那個小島，究竟是要做什麼？」

葛老爹乾脆地道：「放心，即使你不問，我也會告訴你。我需要借用你的力量，解除一個巫術禁制——」

接下來，葛老爹話說從頭，花了一兩個小時，將這件事的前因後果和歷史淵源，仔仔細細說了一遍。如果照實轉成文字，至少有半本書的份量，所以，我打算以最精簡的方式，將他的敘述摘要如下。

原來，葛老爹一見到我，便提到巫術的三大源流，是故意讓我先有個印象，以便為他這番敘述，做鋪路的工作。

根據葛老爹的說法，他們這一派的巫術，和天地都沒有關係，純粹是人體自發的。這句話雖然有些含糊，但以我當年的理解，這就代表他們的巫術，並沒有受到外星人的啟發，也沒有借用或轉化自然界的任何力量。

而所謂的自發，當然是指這股力量，源自人類的大腦。這一點，和莫林神父的理論，可說殊途同歸。由於人類的大腦，比整個銀河系還要複雜，才有可能產生奇特的巫術力量，相較之下，其他動物的大腦，就沒有那麼高明了。

（當然，伊安可說是個反例，不過伊安的巫術，屬於巫王那一派，所以和葛老爹的理論，並沒有直接衝突。同理，我在幾年後遇到的那隻老貓，嚴格說來也不能算反例，因為牠的力量，源自天上。）

然而，在此所謂的人類，必須做廣義解釋，也就是說，必須將原始人類包括在內。因為即使最原始的人類，也要比最聰明的猩猩，大腦結構複雜得多。

換句話說，自從人類的祖先和猩猩的祖先，在演化之路上分道揚鑣後，前者的大腦已經孕育了巫術的種子。如果用更直截了當的說法，那就是人類大腦的演化史，等於一部巫術進化史。

當我聽到葛老爹說出這個離經叛道的結論時，第一時間的反應，自然是無法接受。但我仔細一想，這和正統的人類學理論，其實並沒有牴觸之處。任何人類學家都承認，在人類所有的文化活動中，巫術是最源遠流長的一支，也是一切玄學的根源和基礎。

想到這裡，我忍不住驚叫：「所以說，巫術的歷史，至少有一百萬年？」我這樣說，是因為當時最古老的原始人類化石，並未超過一百萬年。

對於我這個問題，葛老爹的回答是：「沒錯，所以三大流派之中，要數我們歷史最為悠久。只可惜，在漫漫的歷史長河中，許多巫術相繼流失，以致被其他兩派後來居上。所以我要請你幫忙，解開那個巫術禁制，好將失傳的巫術，重新找回來！」

可是接下來，葛老爹又把話岔開（反正我也習慣了），說了幾段二次大戰的秘辛。雖然這些歷史，我或多或少都知道，但其中最重要的關鍵，卻令我聽得目定口呆。

且說二次大戰期間，日本軍閥對亞洲各國的侵略，攻城掠地自然不在話下，可是真正的目的，仍是掠奪各國的物資和財產。若用最赤裸裸的說法，日本皇軍就是有史以來，最有規模、最有組織和最有計畫的一批強盜，而真正的強盜頭子，並非東條英機那幾個甲級戰犯，而是躲在皇宮內院的裕仁天皇。

因為，皇軍所掠奪的戰利品，無論金銀財寶、藝術珍品或重要物資，名義上都屬於天皇所有，而天皇也樂得照單全收。此外，自詡為生物學家的裕仁，還不忘交代遠征軍，在各國佔領區，替他「蒐集」珍貴的生物標本。

在這些為數眾多的生物標本中，最珍貴的一批，是史前人類的化石，包括五十萬年前的北京原人，以及年代更久遠的爪哇原人。

（聽到這裡，我不禁又驚叫一聲。長久以來，一直流傳著一種傳說，二次大戰期間，不翼而飛的兩箱北京原人化石，早已落入日軍之手，但照葛老爹的說法，這並不是什麼傳說，而是千真萬確的事實！）

裕仁天皇蒐集這些原人化石，原本只是學術上的興趣，可是這些人類的老祖宗，竟然像是具有魔力，吸引天皇終日把玩，愛不釋手。

不久之後，天皇也擔心自己著了魔，終於選個黃道吉日，帶著香淳皇后，前往供奉天照大神的伊勢神宮參拜，希望這位傳說中的天皇老祖宗，能替子孫指點迷津。

天照大神當然不會親自回答，不過沒關係，神宮內自有祭司（正式名稱叫作「齋主」），作為這位大神的代言人。

伊勢神宮的齋主，自古以來，一直由女性擔任，被尊稱為「巫女」。據說，巫女具有特殊的法力，能夠經由一定的儀式，和天照大神直接溝通。至於巫女和女巫有什麼不同，則是個見仁見智的問題，但無論如何，在神宮之內，巫女有著無上的權威。

因此當年，替天照大神傳話的，是伊勢神宮第一〇七代齋主——呼彌子巫女。透過這位巫女，天照大神告訴天皇，那些遠古人類，都是她老人家的手足兄弟，他們在失散多年之後，終於能在後代子孫的努力下，重新團圓，令她十分欣慰。不過大神強調，還有更多的手足骸骨，依然散落各地，身為後代子孫的裕仁，必須努力找回，讓祖先們齊聚一堂，方能庇佑大日本帝國八紘一宇，萬世一系。

於是，天皇回到皇宮後，立即下了兩道敕令。一是將皇宮內的原人化石，盡數遷至伊勢神宮供奉，二是組織一支考古隊，在南洋各地，展開挖掘工作。這時，已是二次大戰末期，各地戰事都相當吃緊，因此在天皇心目中，這支考古隊的成敗，和大日本帝國的國運，有著休戚與共的密切關係。

這支考古隊的領隊，則是裕仁的親姪兒，擁有少將軍銜的武田王子。

說來也真巧，我對武田這號人物，一點也不陌生。幾年前，我剛定居香港的時候，曾對傳說中的「日軍藏金」，做過一番研究。根據許多官方文件記載，這位武田王子，曾將日軍在亞洲各地劫掠的上百噸黃金，化整為零，埋在菲律賓呂宋島山區共一百七十多處。

（我之所以研究這個傳說，主要的動機並不在尋寶，而是我一直惦記著，金二師父的下落。因為，我唯一掌握的線索，就是他離去時，曾說要替國家民族，追回一筆失落的寶藏。）

（不過，由於我的研究，並未得到明確的結論，所以我始終沒有前往呂宋島，進行實際的調查。我所取得的唯一成果，就是證明和日軍藏金有關的藏寶圖，百分之九十九點九都是偽造的。）

這時，我聽到葛老爹提及武田王子，自然豎起了耳朵。可是繼續聽下去，我很快就發覺，如果葛老爹所言屬實，那麼所謂的日軍藏金，其實是個天大的誤會。因為，武田王子的確在菲律賓，挖了不少洞穴，可是目的並非藏寶，而是為了替天皇伯伯，挖掘原人的化石。

根據葛老爹的考據，武田考古隊在菲律賓境內，並無具體斬獲，於是不久之後，就將重點南移到了印尼諸島，尤其是爪哇原人的出土地爪哇島。

可是幾個月過去了，考古隊仍舊一無所獲。這個時候，日軍在太平洋戰區，已是強弩之末，深居皇宮的天皇，也終日愁眉不展，武田王子自然更加努力挖掘，因為大日本帝國的存亡，或許就繫在一批原人化石上！

就在這個時候，天皇突然派遣密使，來到爪哇，密會武田王子。王子當然立即接見，但萬萬沒想到，特使竟是一位美麗脫俗的年輕女子。

她不是別人，正是伊勢神宮的呼彌子巫女。

原來，由於武田王子遲遲沒有捷報，望眼欲穿的天皇，又去了一趟神宮求神問卜。當天晚上，呼彌子巫女便在夢中得到天啟，要她親自出馬，襄助武田王子，以拯救天照大神的千萬子民。

巫女說到這裡，將行李箱打開，武田王子一看，竟是神宮中珍藏的原人化石。巫女隨即解釋，天照大神託夢告訴她，這些上古化石充滿了靈性，彼此間存在著密切的交感，就像磁石會相吸相斥一樣。因此，在天皇同意下，她帶來這些原人化石，以便藉著交感的力量，找到更多更古老的化石。

果然，根據一份密件記載，呼彌子巫女抵達後第二週，武田的發掘工作，就有了重大進展。他在索羅河的最上游，挖到三顆極其完整的頭蓋骨，從外形判斷，要比之前出土的爪哇原人，年代更為久遠，很可能超過兩百萬年。

這原本是考古學上的重大發現，可是武田王子的任務，目的並不在於考古，因此所有的發掘紀錄，都被日軍當作最高軍事機密。而這三顆頭蓋骨，也在第一時間，由呼彌子巫女親自裝箱押送，準備帶回神宮作法，好讓戰事在最後關頭，產生奇蹟式的逆轉。

一九四五年八月十三日，呼彌子巫女搭乘日軍潛艦，從日惹附近秘密出發。沒想到兩天後，天皇就發佈了「終戰詔書」，宣佈日本無條件對同盟國投降。

這時，運送巫女的秘密潛艦，剛抵達新加坡外海。艦長聽到天皇的「玉音」，立刻決定炸沉潛艦，全艦官兵玉碎殉國，但有著天皇特使身份的巫女，卻阻止他這麼做。

於是，艦長派出幾名親信，護送呼彌子巫女，來到新加坡外海一座小島，找了一個特別隱密的山洞，將那三顆頭蓋骨，連同她從神宮帶來的原人化石，一起存放其中。然後巫女當場作法，以自己為祭品，求得天照大神的力量，封住了這個山洞。

葛老爹調查的結果，那個小島，應該就是附近的吉里汶島。至於那幾名親信究竟是生是死，以及那艘潛艦後來的下落，葛老爹則說，他並未掌握可靠的線索，可是無論如何，一定有活口，否則這個秘密，也不會流傳出來。

本來我聽到這裡，已經不知不覺入了迷，但葛老爹最後那句話，又令我突然驚覺，他對我講的這個故事，只是一個口耳相傳的傳說，其虛無縹緲的程度，要比日軍藏金有過之而無不及。

或許因為我露出懷疑的表情，更可能是因為葛老爹感應到了我的心思，他不待我開口，便搶著道：「我剛才所講的，絕非虛無縹緲的傳說，因為，我已經找到了那個山洞，只是苦於不得其門而入！」

我驚叫一聲：「難道那個山洞，真的給天照大神封住了？」

葛老爹苦笑道：「天照大神只是個代名詞，真正封住洞穴的，其實是一種巫術力量，而且，是來自大地的巫術力量。」

我立刻想到了巫王，葛老爹卻搖了搖頭，道：「不，和巫王毫無關係。我雖然說過，巫王是大地巫術的重要人物，可是並不代表，除他之外沒有別人。事實上，日本傳統的神道教，和巫王同出一源！」

這時我忽然想起，巫王好像說過，他在施法之際，山川湖泊的神靈，都會助其一臂之力，果然和神道教的泛靈信仰，如出一轍。

我恍然大悟：「封住那個山洞的巫術力量，和你們這一派的巫術，屬於不同的系統，所以你雖然法力高強，仍舊束手無策，而我——」

葛老爹立即接口道：「而你，身上則藏有巫王嫡傳的巫術力量！所以對你而言，解除那個禁制，簡直輕而易舉。」

我脫口而出：「你真的那麼肯定？」說完，我才發覺自己又闖禍了，好在葛老爹這次並不以為忤，只是堅定地點了點頭。

這個時候，我幾乎已經被他說服了，願意和他互助互惠。可是，我的好奇心，還沒有得到滿足，所以我暫且不做任何表示，只是道：「我明白了，你要我幫你做的那件大事，就是進入那個山洞，取出那些原人化石。」

葛老爹又點了點頭，再度強調：「是的，此事輕而易舉，只要花你半天時間，絕對不會耽誤你的行程。」

我則直截了當，提出我的條件：「可是，你必須對我毫無保留，我才答應幫這個忙。」

葛老爹張大眼睛瞪著我，彷彿一眼就能看穿我的心思，不料當他開口時，竟然道：「我自認對你知無不言，並沒有做任何保留！」

我一字一頓道：「你還沒有告訴我，你要那些原人化石，究竟有什麼用？」

我此言一出，葛老爹卻又哈哈大笑起來，令我感到十分尷尬。可是我左思右想，剛才那句話，並沒有任何可笑之處。

葛老爹總算笑完了，道：「真抱歉，我很少和麻瓜，做如此深刻的交談。不知不覺，就將你當成吾輩中人，所以，我以為你早已從我心中，看出這個問題的答案了。」

我重重嘆了一口氣：「請務必記住，我只是個被巫術糾纏得頭昏腦脹的凡人。我希望這一切趕緊結束，讓我早日回到凡間，和巫術世界永遠告別！」

葛老爹卻一本正經地道：「不，你的大腦不同凡響，令你注定無法做個凡人。只要你願意，等你把伊安的巫術力量，盡數還給他之後，我願傾囊相授……」

我連忙猛揮雙手：「感謝老爹抬愛，但我有自知之明，既沒這個緣分，更沒這個福分！」

葛老爹輕嘆一聲，揮了揮手，表示這個話題到此為止，絕不會勉強我。我則追問道：「你還是沒有告訴我，那些原人化石，要來究竟有什麼用？」

葛老爹卻突然反問我一個問題：「人類的祖先，在地球上繁衍綿延，至少已有兩三百萬年。這麼長久的歲月，不知累積了多少屍骨，照理說應該俯拾皆是，然而，為何原人骸骨的化石，竟那麼罕見，每次出土，都是轟動世界的大新聞？」

我對考古學雖然興趣頗濃，卻從來沒想過這種古怪問題，此時他這麼一問，我居然當場愣住。這個問題合情合理之至，可是我一時之間，竟想不到任何合情合理的答案。

我只好耍個滑頭，道：「莫非和巫術有關？」

葛老爹笑道：「當然，那還用說！」

我受到了鼓勵，繼續猜道：「難道是某種巫術力量，將大多數的化石，都藏了起來？」

這回葛老爹皺起了眉頭：「恰恰相反！」

我連忙尋思他的「恰恰相反」是什麼意思，不久便興奮地道：「我懂了，是巫術的力量，保存了少數的人類骸骨，其餘大多數，早已化成了灰！」

葛老爹露出讚賞的笑容，道：「正是如此，由於年代久遠，絕大多數的人類先祖遺骸，都已經塵歸塵，土歸土。只有極少數，由於巫術的力量，得以保存至今，即使埋在地底深處，依然完好如初。」

我在驚嘆之餘，不忘追問：「這種保存骸骨的巫術力量，想必源自大地？」

我原本以為，這一定是標準答案，沒想到葛老爹竟搖了搖頭。我怔了一怔，心想：難不成來自天上？但我轉念一想，就真正想通了，立時道：「這種巫術力量，源自人腦！」

葛老爹一面點頭，一面補充道：「而且，是源自他們自己的大腦。換句話說，能夠保存至今的遺骸，生前都是法力無邊的巫師。正是他們自己的巫術力量，對他們的骸骨，產生了保護作用。」

我突然感到豁然開朗：「所以說，不論爪哇原人或北京原人，都是貴教的祖師爺。這就是你要尋找那些化石的原因，要當作老宗教的鎮教之寶！」

葛老爹一臉嚴肅的表情，道：「如果只是當作聖物，頂多具有象徵性的意義，或許對教眾有些號召作用，可是實質意義並不大。」

我聽出他話中有話，連忙追問：「難道那些化石，具有什麼實質作用？」

葛老爹神情越來越嚴肅，道：「保護那些化石的巫術力量，至今仍舊藏在其中。我說過，這些遠古的巫術，如今早已失傳……」

我大吃一驚，接口道：「你可以從那些化石，學習到遠古時代的失傳巫術？」葛老爹點了點頭，我繼續道：「然後，貴教的巫術，就能千秋萬載，一統江湖？」

葛老爹鄭重其事地搖了搖頭：「我並沒有這個野心，只希望藉此振興吾教，讓老宗教成員，從此不必活在陰暗角落，我就心滿意足，可以含笑而終了。」

聽葛老爹這麼講，我不禁為這番悲天憫人的胸懷，感動不已。可是，正當我準備一口答應，腦海中一個塵封的記憶，突然活靈活現跳了出來。

那是一年多前，我在《地心洪爐》這個事件中，一段親身的經歷。當時，我和兩位科學家，在南極大陸一個冰窟中，發現了外星人的秘密基地。這座秘密基地，雖然已遭棄置多年，可是其中的毀滅性武器，依舊威力十足。

這個武器，是外星人為了摧毀地球，所專門設計的，能在轉瞬之間，令地球任何一處，遭到地心岩漿的襲擊！

當時，我站在兩排操作鈕前，霎時之間，感到自己是有史以來最偉大的人物，操縱著世上萬事萬物的生和死，只要我的手指輕輕一按，成千上萬的人口，便會從地球上消失，再偉大的城市，也要變成龐貝廢墟。

我望著那兩排按鈕，覺得自己在不斷膨脹，膨脹到了連冰窟都容不下我的程度，然後，我又打心底，產生一種想要大笑特笑的衝動！試想，古往今來，古今中外，有什麼人能和我相比？亞歷山大、成吉思汗、拿破崙、希特勒，這些曾經做過征服世界的美夢，也的確統治過將近半個地球的人，和當時的我相比，又算得了什麼……

這短短一兩分鐘的內心獨白，是一段令我永生難忘的心路歷程。我毫不諱言地寫出來，就是要用我自己的親身體驗，見證一句千古名言：權力令人腐化，絕對權力令人絕對腐化！

縱然是我，衛斯理，也差點難逃這個歷史鐵律，成為權力魔咒的奴隸。當時，若不是突然出現意想不到的變故，令我在鬼門關前走了一遭，我真難以想像，後來的一切，將會如何發展。如果有人說，我很可能會利用外星武器，主宰整個地球，我也不敢理直氣壯地加以否認。

想到這裡，我的思緒又飄回了現實，我怔怔地望著葛老爹，不知不覺怪聲大笑起來。沒想到這一笑，便一發不可收拾，不但笑到流出眼淚，甚至真的笑痛了肚皮。

我的情緒竟出現了這麼大的起伏，相信以葛老爹的法力，絕對已將我的心思，徹底感應到了。果不其然，等到我的情緒，稍微平復之後，葛老爹的臉色，已經說有多難看，就有多難看。

因為他完全明白，我已下定決心，無論如何不會幫他這個忙，否則，我無異替人間，製造出一個魔王！

雖然我明明知道，如果拒絕他，自己會有什麼下場。葛老爹身為一代教主，雖不至於憤而加害於我，可是，他只要拂袖而去，就是對我最好的報復——我的反行之旅，必將功虧一簣，因為伊安如今功力盡失，而我雖然繼承了這股巫術力量，卻不懂得如何施為。借用他的比喻，此時的我，就像一個手持鉅額支票，卻找不到銀行的人，那張支票對我而言，和廢紙沒有兩樣！

可是，如果我為了一己之私，和他談任何交換條件，我也就不是衛斯理了。

這時的我，可說已吃了秤砣鐵了心，我霍地站起來，做了一個送客的手勢。

雖然我沒有說一句話，但我的肢體語言，無須任何讀心術來解讀。可是，葛老爹居然一動不動，對我視若無睹，彷彿正神遊物外。我不禁暗忖：難道一代教主，也會耍賴不成？

正當我這樣想的時候，葛老爹突然開口：「請你去開個門好嗎？」他這句話還沒說完，門鈴已經響了起來。我嚇了一跳，莫非葛老爹除了讀心術，還有未卜先知的能力？

我怔怔地向門口走去，葛老爹在我背後道：「是我請人送上來一樣東西。」

我開門一看，是個外貌和穿著都極普通的西方中年人，如果有人告訴我，他是葛老爹的兒子，我一定不會有任何懷疑。

但正因為他普通之極，他手上的東西，看來也就特別顯眼。我才瞥了一下，便愣在門口，腦袋裡爆出轟然巨響！

這時，葛老爹的聲音，又從客廳傳了過來，道：「那是我在山洞口，所發現的東西。我有強烈的感應，這東西的主人，和你有極深的淵源。」

⑮

第十五章

吉里汶島

◉

次日上午，我和葛老爹兩人，帶著各種應用裝備，來到新加坡外海的吉里汶島，走了幾小時山路，抵達了那個山洞。

那的確是個十分隱密的山洞，洞口不但極小，而且長滿了藤蔓。如果不是刻意尋找，即使從山洞旁邊經過，大概也不會注意到，頂多以為是動物的巢穴。

不過，葛老爹上次來到這裡，曾經使用最先進的聲納儀，測量過這個山洞的內部結構。結果儀器顯示，穿過一條狹長的隧道後，山洞深處別有洞天。

這麼隱密的所在，真難想像葛老爹，當初是怎麼找到的，但我繼而想到，更難以想像的是，當年那位伊勢神宮的巫女，在兵荒馬亂的情況下，又是怎麼找到這樣一處理想的地點。或許，他們都曾藉助於巫術吧。

然而，由於兩人的巫術，屬於不同的系統，所以葛老爹上次來的時候，竟被擋在洞口，不敢越雷池一步。正因為如此，葛老爹才千方百計，說服我來替他走這一趟，正如他一再強調的，此時的我，想要破解這種力量，乃是輕而易舉的一件事。

昨天晚上，葛老爹來酒店找我，做竟夕長談，原本越談越投機，我也差點就要答應幫他這個忙，可是在最後關頭，我突然覺悟到，那些原人化石之於葛老爹，如同外星毀滅武器之於當年的我。一旦掌握了強大無比的力量，人心便會立刻開始膨脹，開始腐化，開始有了唯我獨尊的念頭，以及征服世界的野心。

於是，我立時改變主意，無論如何，絕不能答應他的要求。

萬萬沒想到，就在我準備起身送客的時候，葛老爹竟然「召喚」一名徒眾，送上來一樣東西。而我一看到那樣東西，腦袋裡就像是引爆了一顆炸彈，不，一顆原子彈！

然而，到底是什麼東西，竟讓我如此驚訝不已？

這樣說吧，換成任何人，或許都會認為，那只是一根毫不起眼的竹竿。可是，我卻一眼就看出來，那是我的恩師揚州瘋丐金二所用的打狗棒！

雖說金師父武功蓋世，幾乎已臻武俠小說中「草木竹石均可為劍，飛花摘葉皆能卻敵」之境界，但他既然常年作乞丐打扮，一根竹製的打狗棒，自是不可或缺的行頭。

話說回來，金師父真正做到了「不滯於物」，向來不將這根粗短的竹竿，視為打狗棒（自然也沒有自創什麼「打狗棒法」）。這根竹竿握在他手上，彷彿就有了靈性，能夠千變萬化，恣意幻化為刀、槍、劍、戟……因此，我在金師父門下受業，修習各種兵器之際，唯一的「教具」，就是這根萬能的打狗棒。

可想而知，我對這根打狗棒，可說熟識之極。我甚至敢誇口，即使將它藏在竹林裡，我也有十成把握，一下子就找出來。

因此，當葛老爹的手下，將這根打狗棒，舉到我面前之際，我立刻有一種「見棒如見人」的激動。我鄭而重之舉起手來，恭恭敬敬將之接住，雙手就把不住開始發抖，雙眼也不知不覺熱淚盈眶。

等到我稍微平復了情緒，立時有一種不祥的感覺。這根打狗棒，金師父從不離身，怎麼可能落到葛老爹之手？剛才依稀聽他說，是在那個山洞外發現的，這又是怎麼回事？

這個時候，我已經愣在門口，至少三四分鐘，我趕緊回到客廳，重新面對仍坐在沙發上的葛老爹。當然，這根打狗棒，依舊牢牢握在我手中。

雖然我心裡充滿了問號，但由於仍相當激動，一時之間，根本不知如何開口。好在我已經知道，在葛老爹面前，言語其實並沒有那麼必要。

果然我什麼都還沒說，葛老爹已經開口：「這根竹竿的主人，果真和你淵源深厚。」

這時，我的情緒又平復了些，道：「想必老爹已經知道，這根竹竿，屬於我的師父所有——」說到這裡，我頓了頓，考慮要不要解釋一下，中國傳統的師徒關係，究竟有多麼深厚，葛老爹卻搶先道：「我懂，他之於你，就好像耶穌之於十二門徒。」

我點了點頭，葛老爹又道：「我曉得你在想些什麼，不過，我所知道的一切，都已經對你說了。這根竹竿，確是我在那個洞口發現的，除此之外，我真的什麼也不知道。」

我清了清喉嚨，硬邦邦地一字一頓道：「所以，我如果想知道進一步的真相，就必須進入那個山洞！」葛老爹不置可否地笑了笑，我又道：「老爹不覺得這種手段，配不上一代教主的身份？」

葛老爹露出歉然的表情：「衛先生，你誤會了，我之所以將這根竹竿的事，放在最後，是為了避免你感情用事。」

我毫不放鬆，挖苦道：「現在，老爹就不擔心我感情用事了？」

葛老爹嘆了一口氣，嚴肅地道：「我向你保證，無論如何，我都不會影響你的自由意志。不論你做出任何決定，都是你自己的選擇。」

我揚了揚眉：「難道老爹不擔心，我假裝和你們合作——」但我隨即打住，輕敲自己的太陽穴，又道：「不，你當然不會擔心這種事。」

葛老爹爽快地道：「是的，你我不合作則已，如果合作，一定要開誠佈公。」

老實說，我剛看到金師父的打狗棒時，內心的確有些動搖，因為過去十年來，我一直在努力尋訪他老人家的下落，無奈始終沒有任何結果。換句話說，這根打狗棒，是目前為止唯一的線索。本來依我的個性，一定會不顧一切，抓住這條線索，循線追查下去，可是這時，我逐漸冷靜下來，卻陷入了天人交戰。

因為，無論我再怎麼神通廣大，面對葛老爹這種「半仙」，也是英雄無用武之地，一來不能智取，二來更無法力敵。所以說，如果我要追查這條線索，就不得不違背我的初衷，答應和葛老爹密切合作。

十幾分鐘之前，我已下定決心，即使犧牲自己，也絕不能替一個魔王催生。如今，為了解開金師父的生死之謎，難道我就應該妥協嗎？

我竟突然想到「生死之謎」這四個字，令我自己也嚇了一跳，一定是剛才那股不祥的感覺，令我在潛意識中，覺得金師父已凶多吉少。

想著想著，我的意志再度堅定起來。因為我想到，金師父一生行俠仗義，嫉惡如仇，如今不論他是生是死，如果知道身為徒兒的我，為了打探他的下落，而答應扶植一個巫術強權，那麼他一定不會原諒我，甚至不會再認我這個徒弟。

因此，後來真正令我回心轉意的，並非金師父的打狗棒，而是葛老爹接下來的一番話。

當我將上述這番心思，一五一十向葛老爹說明之後，原本以為，這回他一定會知難而退。出乎我意料之外的是，葛老爹竟繼續賴著不走，而且又發表了一番長篇大論。

這番長篇大論的內容，基本上是個預言故事，大意如下：葛老爹年事已高，萬一未能於有生之年，在老宗教旗幟之下，將他們這一派的巫師，真正統一起來，那麼未來一百年內，老宗教只會是個鬆散的組織，歐美各地的教眾將各自為政，無法成為巫術世界的一股強大勢力。

然而不出十年，當巫王將所有的本領，傾囊相授伊安之後，「大地派」的巫術勢力，必將迅速崛起，並以美非兩洲當根據地，開始向歐洲進軍，和教廷發生正面衝突。於是，在巫術世界，勢必展開一場腥風血雨的戰爭，而且至少持續三五十年，戰況才會有明朗的結果。至於大戰的詳細經過，則會十分接近《聖經．啟示錄》中的可怕預言。

因此，葛老爹的結論是，想要避免這樣一場巫術大戰，唯一的辦法，就是設法在巫術世界，形成三分天下的局面，以便彼此牽制。換句話說，唯有老宗教的勢力，擴張到一定程度，才能維持一種均勢的恐怖平衡。

此時此刻，我來到這個山洞，正是因為這個預言說服了我。不過，在我正式答應葛老爹之前，還是跟他談了一個額外條件。

這個條件就是，如果山洞內，藏有中國出土的原人化石，必須歸我所有！

我之所以提出這個條件，主要是因為金師父的打狗棒，將我腦海中許多零星的線索，串成了一個鮮活的故事——金師父當年，前往南洋尋寶，一開始的時候，或許只是想替同胞，找回一批失落的財富，他所掌握的資料，很可能也是那個日軍藏金的傳說。不過，金師父到了南洋之後，經過一番明查暗訪，想必獲悉了武田考古隊的秘密，進而推想，伊勢巫女攜來南洋的原人化石，很可能包括當年神秘失蹤的北京原人。因此之故，金師父才會比葛老爹早若干年，來到這個山洞，但不知發生了什麼變故，他老人家從此下落不明，只留下打狗棒在洞口。

所以，我這次進入這個山洞，要是真能發現北京原人化石，無異替金師父，完成一大心願。因為北京原人化石，乃是中華民族的無價之寶，若能失而復得，將比追回百噸的黃金，更有價值，更有意義！

想到這個可能，我就興奮不已，彷彿已經和中國人精神上的老祖宗，近在咫尺。

我將各種應用裝備，佩掛在身上，便邁開大步，向洞口走去，一面走，一面唸誦葛老爹教我的咒語。

根據葛老爹的說法，原本屬於伊安的巫術力量，早已全部轉移到我身上，只是我渾然不覺罷了。而葛老爹雖然和巫王，屬於完全不同的系統，但他特別強調，將我身上的巫術力量釋放出來，並非什麼難事，就好像一位藝術家，也能教小學生算術一樣。

果然，葛老爹花了幾分鐘時間，就教會我兩句咒語，分別能夠「開啟」和「關閉」我身上的巫術力量。此時我所唸誦的，當然是第一句咒語。

葛老爹昨晚也提到，由於這兩句咒語，不受任何條件限制，等我幫完他這個忙之後，就能自行利用這組咒語，完成剩下的最後一段反行。

想到這裡，我稍微停了停腳步，深深吸了一口氣，這才鑽進山洞。

老實說，這種洞穴探險，對我早已是家常便飯，我剛才的猶豫，可說失常之至。最主要的原因，是這個山洞裡面，具有詭異莫名的神道教禁制，唯一能夠保護我自己的，就是我身上的巫術力量。所以說，我僅僅稍有猶豫，已經算是勇氣十足了。

剛才說過，葛老爹的測量結果，顯示在洞口後面，有一條僅可容身的狹長隧道。這條隧道的長度，將近一百公尺，換句話說，我得先爬完這一百公尺，才能抵達真正的山洞。

好在隧道雖然狹窄，卻不算蜿蜒曲折，所以爬起來，並沒有什麼困難，我可以將全副心神，用來應付各種不可測的狀況。

我大約爬了十公尺，耳機中便傳來葛老爹的聲音：「我能從聲納儀，清楚看到你的影像。我會仔細監控你的周圍，若有任何狀況，會立刻警告你。」

不料我又爬了十幾公尺，突然覺得一股陰風向我襲來，緊接著，無線電對講機也出了問題，我只聽到葛老爹的半句話：「注意你的……」耳機中隨即傳出一陣尖銳的噪音，就再也聽不到任何聲音了。我本想繼續前進，但轉念一想，在這個神秘莫測的山洞中，隨時可能出現意想不到的狀況，唯有和葛老爹保持無線電暢通，才能即時向他求教應變之道，此時我若再向前走，就是逞匹夫之勇了。

於是我以原來的姿勢，倒爬了出去——這個時候，我還幾乎沒有想到，會有任何特殊狀況，所以我的動作，頗為好整以暇。而且，正因為我倒著爬出隧道，所以在離開山洞之前，我一直沒有發現，山洞入口處，竟是一片昏暗。

直到我的雙腳，退出了山洞，我才驚覺這個異狀。

剛才，我鑽進山洞的時候，太陽還高掛在天上，而我進出這一趟，頂多五分鐘，怎麼出來之後，整座山變得烏雲蓋頂？

更奇怪的是，葛老爹居然也不見了！

雖然我心中充滿疑問，但多年的冒險生涯，令我養成臨危不亂的本能。我連忙低下頭，利用頭盔上的強光燈，開始四下搜索，不久便發現，我們所攜帶的裝備，散落洞口各處。

就在這個時候，我的右腳踢到一個柔軟的物體，直覺立刻告訴我，八成是葛老爹！可是我仔細一看，葛老爹似乎失去了意識，我趕緊蹲下來，伸手探了探他的鼻息，好在還有微弱的呼吸。

三分鐘之後，我已經確定，葛老爹身上，並沒有任何內傷或外傷，然而他的脈象，竟是一種凶險之極的「怪脈」。換句話說，葛老爹突然間，成了一個病入膏肓，而且昏迷不醒的病人！

但由於我並不清楚出了什麼事，不敢輕舉妄動出手急救，想來想去，還是儘快令葛老爹清醒過來，設法問個明白，然後再做打算。

我決定用最保險的方法，伸出右手，掐住他的「人中」。不到一分鐘，他果然發出一聲呻吟，逐漸甦醒了。

我湊在他耳畔，輕聲問道：「老爹，你感覺如何？」

葛老爹聽到我的叫喚，精神似乎為之一振，以嘶啞的聲音，有氣無力道：「衛斯理？」

我連忙道：「是的，老爹，是我。到底發生了什麼事？」

葛老爹吃力地舉起手來，四下搖晃，我趕緊抓住他的手，道：「我在這裡！」

葛老爹緊緊抓住我的手，一字一頓道：「衛斯理，我中了暗算！」

我急忙追問：「是誰暗算你？你到底受了什麼傷？」

葛老爹嘆了一口氣，幽幽道：「可以說就是這個山洞暗算我，不過事實上——」我以為他突然語無倫次，正想設法使他清醒一點，葛老爹卻繼續道：「我猜，真正暗算我的人，一定是巫王！」

我越聽越糊塗，高聲問道：「這到底是怎麼回事？」

葛老爹並沒有立即回答，反倒抓著我的手，勉強坐了起來，我連忙抓了一個背包，放在他身後，讓他坐得舒服點。不久，葛老爹似乎精神好多了（但我十分擔心是迴光反照），他深深吁了一口氣，道：「我必須儘快趕回英國，所以只能長話短說，請別打斷我！」

我點了點頭，葛老爹便開始說道：「當我倒地那一刻，突然間什麼都明白了，這一切，都是巫王的精心安排，目的就是要消滅我！一旦老宗教群龍無首，巫王的勢力，便能迅速崛起，迅速擴張……」

聽到這裡，我心中打了一個突，如果葛老爹所言屬實，他所預言的巫術大戰，豈不成了無可避免的結果？但我趕緊提醒自己，專心聽葛老爹說下去。

葛老爹繼續道：「所以，巫王千方百計，誘騙我來到這個山洞，打算利用巫術的陷阱，置我於死地。但我也不是省油的燈，第一次來到這裡，便發現洞內藏有異類的巫術禁制，所以沒有貿然進入。

（由於葛老爹特別強調「千方百計」這幾個字，我立時想到，難道武田考古隊和呼彌子巫女的傳說，也都是巫王散佈的謠言？而我這趟來此，莫非也……）

「可惜，我聰明反被聰明誤，並未將洞內的巫術力量，和巫王聯想到一塊。這就給了巫王第二次機會，那就是利用你，引誘我再度來到這裡。這一次，我雖然仍未進入洞內，可是其中的巫術力量，卻藉由你我之間的聯繫，衝到了我身上！

（我在心中「啊」了一聲，我猜得果然沒錯，自己竟然成了巫王的棋子！可是，我仍難以相信，巫術力量竟能藉由無線電對講機，從洞內傳到洞外，偷襲葛老爹！）

「如今，這股巫術力量，已經在我體內，造成無法恢復的傷害。目前我唯一能夠做的，就是利用生命中最後一點時間，趕回英國大本營，替老宗教的未來，盡力做些安排。所以，可否請你儘快送我到新加坡機場？」

我原本想說，他目前的身體狀況，無論如何不適宜搭乘飛機，但轉念一想，在這種情況下，求生意志比什麼都重要，我絕不能潑他冷水。

於是，我立刻揹葛老爹下山，直奔小島的碼頭。當天傍晚，葛老爹便搭乘客機，離開了新加坡。當我目送他拄著枴杖，吃力地走進機艙時，內心不禁百感交集。

等我回到酒店之後，百感交集的情緒，更是有增無減。葛老爹下午說的那番話，一字一句，都對我造成無比的震撼！

我終於明白，巫術世界的明爭暗鬥，其慘烈程度，比起「凡間」有過之而無不及。我這個局外人，竟在懵懵懂懂間，成了巫王和葛老爹鬥法的工具！

表面上，葛老爹野心勃勃，儼然巫術世界的一代梟雄，可是骨子裡，巫王要比他陰險毒辣、老謀深算得多！

可笑的是，在此之前，我居然一直將巫王，視為自己的救星，對他言聽計從，未有絲毫懷疑。事實上，打從一開始，我便是巫王手中的一顆棋子。

如今這顆棋子，果真小兵立大功，將死了對方的老帥！雖說葛老爹一息尚存，可是我心知肚明，老宗教在不久之後，勢必一蹶不振，反之，巫王和伊安這一派的勢力，則會迅速坐大。十幾年後，巫術世界就會展開一場大對決，影響所及，甚至可能出現《聖經》所預言的世界末日！

這個可怕的結果，似乎注定要發生了，除非……

除非，伊安無法修成正果，無法傳承巫王一身的巫術——此時此刻，我還有機會，讓這件事成為可能！

想到這裡，我低下頭，望了望趴在我腳下的伊安，內心陷入劇烈掙扎。

此時的伊安，功力盡失，無異於一隻普通的獵犬。我至少有七八種方法，能在一秒之內，讓他毫無痛苦地死去。伊安一死，必然牽一髮動全身，令巫王的王霸雄圖，受到嚴重打擊，至少得再過一兩百年，才有可能出現另一個伊安，而在此之前，不知會出現多少變數，足以令巫王的野心，永遠成為夢幻泡影。

可是，我一想到過去兩個多月，和伊安朝夕相處的情景，就怎麼也下不了這個手！

就這樣，我在沙發上，坐了一整夜，始終沒有闔眼，也始終沒有下定決心。直到窗外已經矇矇亮了，我才終於有了令我自己鬆一口氣的決定。

我決定將伊安帶回香港，送給養狗專家陳先生，讓他永遠做一隻平凡普通的獵狗，再也不要回到可怕的巫術世界。

不過，我暫時還不能回香港，因為在新加坡，我還有兩件事未了。第一件事，當然是此地的反行，至於第二件事……

兩天後，我又回到了吉里汶島，再度站在那個洞口之前。

事實上，當天送走葛老爹之後，我就已經打定主意，不管算不算匹夫之勇，我一定要鑽進山洞深處，親自一探究竟。因為，即使這個山洞是個陷阱，即使一切都是巫王的陰謀，可是我百分之百肯定，葛老爹發現的打狗棒，絕對假不了。同理，武田考古隊和呼彌子巫女的事蹟，也仍有可能是真實的歷史。換句話說，這個山洞，可能並非巫王假造，而是就地取材，果真如此的話，山洞深處那個空間，就不知藏有多少秘密！

話說回來，我在深入山洞後，究竟能找到什麼，只有天曉得！想到這裡，我深深吸了一口氣，鑽進了洞口。

不久，我便爬到了前天的折返處，再往前走，就是無窮的未知數了。由於空氣越來越混濁，我頭上的強光燈，只能照亮前方兩三公尺，更遠的地方，則是一片黑暗。

前天，我和葛老爹在洞外，曾經使用聲納儀，仔細掃描過這個山洞，確定整條隧道暢通無阻，頂多只有一些零星的軟物質（不外是蔓生的植物，或是一些小動物），所以這個時候，雖然隧道內能見度極低，我的心情仍舊相當篤定。

我戴上了氧氣面罩，繼續慢慢向前爬⋯⋯

當我終於看到，前方幾公尺處，出現開闊的空間時，內心突然無比激動！史上最古老的人類化石，以及失蹤多年的北京原人頭骨，是否都藏在那個空間中？還有，金師父的下落，能否也在那個空間中，找到進一步的線索？抑或我進入那個空間之後，將立刻發現他老人家的屍骨？

紛至沓來的種種雜念，令我幾乎忘了前進。我趕緊收攝心神，繼續專心向前爬，不久，我終於爬出了隧道，進入了開闊的洞穴空間。

然而所謂的開闊，只是和隧道比較之下的結果，事實上，這個空間的大小，並未超過一間普通的車庫。因此之故，我只花了半分鐘的時間，就幾乎確定，這個洞穴之內，根本空無一物！

我隨即想到，保護這個藏寶洞穴的，除了巫術上的禁制，一定還有精密的機關。我連忙從背包中，掏出手提聲納儀，對上下左右和四面八方，都做了最仔細的掃描。

結果聲納儀顯示，這個洞穴的上下和四周，都是堅硬的岩石，並沒有任何密室或密道。

可是，我不願意相信這個結果，懷疑是儀器出了問題。於是我改用土方法，取出隨身工具，敲打洞穴四壁，而且越敲越用力，越敲越激動！

幾十分鐘後，我已經汗流浹背，筋疲力盡，可是我卻像著了魔，根本停不下來。或者應該說，我的意識想要叫停，但我的四肢則另有主張！

不知又過了多久，在乒乒乓乓的巨響中，我竟然有了靈魂出竅的幻覺，感到自己飄到半空中，望著那個正在不斷敲打穴壁的另一個自己。

我繼續向上飄，向上飄，終於來到了洞穴頂端。可是這個時候，堅硬的石壁，已經無法對我構成任何障礙，我不費吹灰之力，便鑽進了上方的岩石之中。

這時我終於明白，自己又進入了所謂的迷離狀態。幾乎與此同時，我就感覺到（而不是聽到）一個極其熟悉的聲音，道：「你來了！」

我立刻回應：「巫王？」但和上次一樣，我仍不明白自己是如何發聲的。

巫王給了我肯定的答覆，我隨即追問：「這一切，究竟是怎麼回事？」

巫王道：「你的猜測，八九不離十！」

雖然這是意料之中的答案，可是我仍有難以置信的錯愕，感嘆道：「我竟然真是你的棋子！」

巫王道：「並不盡然！就算是棋子，也絕非小卒。」

我奇道：「此話怎講？」

巫王道：「自從你踏上巫師島，我便打定主意，由你取代伊安，繼承我的衣缽。」

我大吃一驚：「什麼？」

巫王道：「所以你的反行之旅，可謂一舉數得。一來，替你自己解除了心蠱的糾纏，二來，替我解決了葛老爹這號人物，三來，將伊安的功力，巧妙地轉移到你身上，而他則永遠無法恢復人形，不至成為你我的心腹大患。」

我驚訝得幾乎喘不過氣來，只能一再重複：「居然有這種事？居然有這種事？」

巫王道：「一切都在你眼前發生，你還懷疑什麼？」

我總算強迫自己鎮定下來，問道：「請問我有選擇的權利嗎？」

巫王道：「你會這樣問，是因為你還不曉得，繼承我的衣缽，代表了什麼。」

我並未答腔，巫王便逕自說下去：「不出十年，你就會成為美非兩大洲的巫術領袖，無論在凡間或巫術世界，都將享有至高的權力。然後，頂多再過十年，當我們的勢力，擴展到歐亞大陸之後，你就等於是全世界最有權力的人——非但所有的巫術團體，盡數臣服在你腳下，而且無論哪個總統或首相，教宗或活佛，通通都是你手下的傀儡！試想，古往今來，還有什麼人能和你相比？」

說來奇怪，這番話聽來，似乎陌生中透著熟悉的感覺！

我立時想到了答案，當年在南極冰窟，外星人的秘密基地中，我曾經對自己，說過十分類似的一段話。

那次的寶貴經驗，令我深切體會，權力才是最可怕的巫術和魔法。好在，有了那次用生命換來的教訓，權力對我的誘惑，已經趨近於零了！

兩三天前，我以為葛老爹要利用我，協助他成為巫術世界的霸主，所以我曾毅然決然拒絕他。如今，巫王又要將我自己，推上這個霸主之位，我當然更沒有理由接受！

可是，如果我當場和巫王決裂，又會導致什麼可怕的後果呢？

最嚴重的後果，自然是巫王惱羞成怒，當場取我性命。可是，我這條命明明已是撿來的，又算得了什麼損失？

想到這裡，我已豁出去了，一字一頓地重複道：「請問我有選擇的權利嗎？」

巫王不置可否，於是，我義正辭嚴地說出了我的選擇。

異空間

Twilight Zone 這個名詞，字典上的解釋，不外是「模糊區域」、「灰色地帶」，難免令人產生負面聯想。然而我一直覺得，這個英文名詞，象徵著人類知識的處女地，或許因為長久以來，我一直是 Twilight Zone 這個電視影集的忠實觀眾。

這個歷久不衰的美國影集，中文譯作「奇幻人間」或「陰陽魔界」，不過這兩個名稱，都無法反映原文片名的精義。根據該影集的製作人（以及主要編劇）所下的定義，它代表人類未知的另一個次元——介於光明和黑暗之間，科學和迷信之間，尤其重要的是，介於人類最深的恐懼和最高的知識之間。

我這一生，雖然經歷過無數稀奇古怪、匪夷所思的事物，可是直到目前為止，我仍然認為，上面這句話，是巫術世界的最佳寫照。換句話說，在我心目中，唯有巫術世界，才配稱為 Twilight Zone，如果要找個貼切的翻譯，我第一個想到的，大概會是「異空間」。

這個異空間，非但不受自然法則的管轄，甚至最基本的邏輯和因果律，都有碰壁的可能（「衛斯理定律」當然也不例外）。正因為如此，在撰寫《移心》這本書的過程中，我所遇到的最大挑戰，就是如何維持我的一貫風格，將這段撲朔迷離的經歷，儘可能鋪陳得有條有理，不流於一般的怪力亂神。

深思熟慮之下，我終於決定，喚起當年初生之犢的心態，將自己探索巫術世界的心路歷程，做一番忠實的回顧。因此，大家可以明顯看出來，在這段為期半年多，和巫術世界密集接觸的過程中，我對巫術所抱持的態度，不斷起著變化。原因很簡單，我對巫術瞭解得越深，就越瞭解自己不可能真正瞭解巫術（這句話有點拗口，但文法絕對正確）。

因此本書中，有不少牽涉到巫術的情節，欠缺一清二楚的說明——其中有一些，我還設法對背後的機制或成因，提出自己的猜測，另外一些，卻連猜測都放棄了，否則只會弄巧成拙。最明顯的例子，就是伊安當年的真身，究竟是人是狗，由於眾說紛紜，我怎麼也理不出合理的頭緒，只好不了了之。重要的是，伊安在我身邊的日子，至少在我眼中，始終是一隻通體黑毛的獵犬。

（多年後，伊安另有一番奇遇，終於恢復人形，繼而自立門戶，成為美洲大巫師，並被巫術界尊稱為「達伊安」。可是自從他逃離陳家之後，我們再也沒有見過面，所以至今為止，他在我的記憶中，仍是那隻聰慧可愛的靈猩獵犬。）

基於同樣的原因，金二師父的生死下落，本書也只能點到為止。然而幾十年來，我越來越肯定，萬一金師父確實命喪南洋，那麼他的死，一定和巫術有關。因為，憑金師父超凡入聖的武功修為，凡間再也沒有任何力量，能夠傷其性命，而他唯一的、致命的缺點，就是太過不信邪，很容易給黑巫術乘虛而入的機會。

推而廣之，過去四十多年，我在自己的記述中，甚少提到金師父的事蹟，想來也是我有意無意間，一直避免提及這段沒有結論的傷心往事。

至於葛老爹，倒是很快就有了他的消息，嚴格說來，是他的死訊。在老爹離開新加坡次日，我在一份英文報紙上，赫然看到一則外電：「老宗教的創始人葛老爹，昨（二月十二日）因心臟病突發，在越洋飛行途中，死於班機之上，享年八十歲……」

葛老爹是個極其複雜的傳奇人物，我自然無法憑個人觀感，給他一個歷史評價。可是，我也說不上來為什麼，當我獲悉他的死訊，確有幾分惋惜和傷感。或許因為我很清楚，當他嚥下最後一口氣的時候，一定是含恨而終。如今幾十年過去了，老宗教果然還是一盤散沙，唯一能夠安慰他在天之靈的，就是他的可怕預言，短期之內並不會成真，因為據我所知，巫王至今仍處於孤掌難鳴的困境中。

那麼，我自己的命運又如何呢？

當天在洞穴中，我義正辭嚴地拒絕了巫王的「好意」，並表達了我寧死不從的決心。

巫王果真惱羞成怒，雖然並未當場取我性命，但立刻收回了我身上的巫術力量。當時我就心知肚明，巫王這樣做，仍是決心置我於死地，因為這樣一來，我的反行之旅，將名副其實地功虧一簣，我也就注定不會再有多少日子好活，唯一值得慶幸的，是我或許還有機會，當面和白素「道別」！

所以說，想必後來又有一番柳暗花明，讓我終於擺脫了心蠱的致命威脅，否則怎麼還能活到現在？不過，這次我不打算賣關子，答案就在《原子空間》這本書中——所謂的原子空間，當然也是一種異空間！

附錄一——大事紀

事件	年代	發表時間	國際大事
奇玉	一九六〇	一九六六年二月—一九六六年三月	
鑽石花	一九六一	一九六三年三月—一九六三年七月	
藍血人	一九六一	一九六四年八月—一九六五年二月	
透明光	一九六一—一九六二	一九六五年二月—一九六五年七月	
地心洪爐	一九六二	一九六五年七月—一九六五年十月	伊朗大地震〈九月一日〉
蜂雲	一九六二	一九六五年十月—一九六六年二月	
地底奇人	一九六二	一九六三年七月—一九六四年二月	
妖火	一九六三	一九六四年二月—一九六四年八月	長尾鮫號失事〈四月十日〉
移心	一九六三—一九六四	二〇〇七年五月	廿迺迪總統遇刺〈十一月二十二日〉
原子空間	一九六四	一九六六年三月—一九六六年七月	

《鑽石花》明窗、遠景、風雲時代
《地底奇人》明窗、遠景、風雲時代
《妖火》明窗、遠景、風雲時代
《藍血人》明窗、遠景、風雲時代
《透明光》明窗、遠景、風雲時代
《地心洪爐》明窗、遠景、風雲時代
《蜂雲》明窗、遠景、風雲時代
《原子空間》明窗、遠景、風雲時代
《蠱惑》明窗、遠景、風雲時代

《老貓》明窗、遠景、風雲時代
《鬼混》明窗、皇冠
《血咒》博益、明窗、風雲時代
《降頭》博益、明窗、皇冠
《巫艷》博益、明窗、皇冠
《劫數》明窗、皇冠
《夜歸》利文、勤+緣、皇冠

責任編輯　蘇健偉
書籍設計　陳德峰（tomsonchan.com）

書　　名　衛斯理回憶錄之移心
著　　者　葉李華
出　　版　三聯書店（香港）有限公司
香港北角英皇道四九九號北角工業大廈二十樓
Joint Publishing (H.K.) Co., Ltd.
20/F., North Point Industrial Building,
499 King's Road, North Point, Hong Kong
香港發行　香港聯合書刊物流有限公司
香港新界大埔汀麗路三十六號三字樓
印　　刷　美雅印刷製本有限公司
香港九龍觀塘榮業街六號四樓A室
版　　次　二〇一九年七月香港第一版第一次印刷
規　　格　三十二開（130mm×190mm）三四〇面
國際書號　ISBN 978-962-04-4510-1